D E A R + N O V E L

仕立て屋の恋

水原とほる
Tohoru MIZUHARA

新書館ディアプラス文庫

S H I N S H O K A N

仕立て屋の恋

目次

イラストレーション／あじみね朔生

仕立て屋の恋

SHITATEYA NO KOI

この手で生み出すものがあることを幸せに思う。そして、それが社会で活躍する男たちを美しく飾ることを誇らしく思う。唯一を身に着ける贅沢《ぜいたく》、自分だけの一着を持つ喜び、すべては選ばれた男たちのためにあるものだ。この手はそれを今日も生み出している。

二年前に東京に開業した「Maison《メゾン》 Kiyomi《キヨミ》 K.《ケイ》 TOKYO《トウキョウ》」は、清見《きよみ》にとって生きていくための糧《かて》であり、同時に自分の人生の誇りでもある。このアトリエの開業までにどれほどの苦労をしてきたか、その真実を誰かに語ることはけっしてない。すべては清見自身の心の中に、静かに納めておけばいい。ただ、一つ残念に思うとすれば、今の自分の姿を母親に見せてあげられなかったことだけ。

その日の朝、自宅から電車で三十分のところにあるアトリエに着くと、いつものように姿見で自分のスタイルをチェックする。

自分の作品を身につけるのは仕立て屋としての誇りであり、自らが広告塔であると考えているからだ。なので、アトリエはもちろん通勤のときも必ずネクタイを締めてスーツを着用している。

出勤してまずは今日の予定を確認するため、愛用の革表紙のスケジュール帳を開く。いまどき、スケジュール管理くらいパソコンやタブレット型端末でやればスマートなのはわかっている。私生活では買い物リストのメモ書きでさえ、携帯電話でやっている。

だが、仕事のスケジュールだけは必ずこの革表紙のノートを使う。それは修業時代の師匠の習慣であり、清見もそれをそのまま踏襲《とうしゅう》しているのだ。記憶しているかぎり、今日は急ぎの仕事はなかったはずだ。それに、顧客の来訪やこちらからうかがう予定もなかったはず。

ところが、そこに昼前の来訪予約の名前を見て小さく声を漏《も》らした。そこには「三木様《みき》」と自分の文字で書き込まれている。これは消し忘れだ。なぜなら、三木は現在入院中だから。

横浜に本社を置く三木汽船《きせん》の社長だが、先月に不整脈で倒れて以来まだ病院で療養中だと聞いている。三木社長はこのアトリエを開く以前、清見がフランスで修業をしていた頃からのお得意様だ。彼が倒れたと聞いたときは清見も驚いたし、早々に見舞いの花を送った。

この予約は彼がまだ倒れる前に入れてくれていたものだ。毎年六月に秋冬物のオーダーをして、十一月に春夏物を同じように数着オーダーしてくれる。今年、三木の秋冬物を仕立てることはないのかもしれない。

キャンセルになった予約は横線を入れて消すのだが、彼の名前がそのまま残っていたのはうっかりしていただけ。と同時に、病で倒れた人の名前を線で消すことにためらいを感じて、自然とそうすることを避《さ》けていたのかもしれない。

当日がきてまで名前を残しておくのもスケジュール管理上どうかと思う。清見が小さな溜息《ためいき》とともに、その名前に線を引こうとしたそのときだった。アトリエの電話が鳴ってペンを置き出ると、それは三木の秘書をしている寺島《てらしま》からだった。

『社長が押さえていた予約について、まだその時間に他のお客様が入っていないようでしたら、ぜひそちらにうかがいたいのですが……』

幸い、他の顧客の予約は取っていない。三木のための時間はそのままになっている。もしかしてすでに退院して、仕事への復帰のために新しいスーツを仕立てようということだろうか。清見が言葉を選びつつたずねると、寺島は残念ながらそうではないと言った。

『実は、早急にスーツを仕立てなければならない人がおりまして。できれば、社長がお世話になっている河原《かわはら》さんにお願いしたいのです』

寺島は大企業の秘書らしく、大変落ち着いた丁寧な話し方をする。だが、今日は少しだけ言葉に含みのようなものがあるように思われた。何か特別な事情があるのだろうか。三木本人でなければ、誰のスーツを仕立てようというのだろう。

少し考えを巡らせたものの、顧客の事情を詮索《せんさく》するのは自分の仕事ではない。依頼を受けた人のために、最高のスーツを仕立てることが自分の仕事だ。

「わかりました。では、ご予約をいただいていた時間にお待ちしております」

それだけ告げると電話を切った。そして、もう一度スケジュール帳を見ると「11：00　三木様」という文字を消すことなく革の表紙を閉じたのだった。

「お待ちしておりました。どうぞこちらへ」

アトリエの玄関のベルが鳴り、二階から下りていった清見はドアの鍵を開けて客を招き入れる。十一時ぴったりに現れたのは、今朝方電話で予約の確認をしてきた寺島だ。

寺島は清見に一礼すると、自分よりも先に一人の青年をアトリエに入るよう促した。どうやら彼が寺島の話していたスーツを仕立てたいという人物らしい。年齢は二十代半ばだろうか。長身で全身のバランスは悪くないが、やや細身だ。首と腕がすらっと長く、肩幅は広いほうだが厚みがあまりない。ざっくりとしたサマーカーディガンを羽織っているので腰周りはわからないが、おそらくウエストもかなり細めだろう。

最初に会った瞬間に、スーツを仕立てるときに必要な相手の身体的特徴をチェックするのは癖のようなものだった。顔を見るのはその次になる。そして、最後にしっかりと正面から見た青年の目鼻立ちは、左右の対象率が高くかなり整っている。と同時に、思ったのは誰かにとても似ているということ。それは清見もよく知っている人物だったが、彼の名前を思い浮かべる前に寺島が告げた。

「こちらは三木社長のご子息の恭介《きょうすけ》さんです」

その一言ですぐに納得した清見は、笑みとともに挨拶《あいさつ》をする。

「初めまして。カッターの河原です。お父様にはお世話になっております」

会釈とともに言うと、紹介された青年はしばしきょとんとした顔でこちらを見つめていたが、やがてハッと我にかえったように首を傾《かし》げて呟《つぶや》いた。

「カッターって何？　テーラーじゃなくて？　ああ、もしかして助手の人とか……？」

「いいえ、こちらが恭介さんのスーツを仕立ててくださる方ですよ」

恭介と紹介された青年が悪気もない様子で言った言葉に、寺島のほうが少し恐縮したように訂正をして説明した。

スーツを仕立てたことのない人なら疑問に思うのも無理はない。店で吊《つ》るしの品を買っているとき、これはどういう人の手で仕立てられたものかなどと気にする人はいない。だが、自分だけの一着を作るとき、仕立て屋と客は一対一の関係になる。なので、清見は新しく顧客になる恭介に説明をする。

「テーラーでも間違いではありません。ひととおりの技術を持っているからこそアトリエを構えているのですが、わたしの専門は採寸したサイズからお客様の体に合わせて型紙を起こすことなんです。その役割を業界ではカッターと呼んでいます。なので、あえてそう名乗らせてもらっています」

説明を聞いた恭介は納得したのかどうかわからないが、曖昧《あいまい》に頷《うなず》くと寺島のほうを見てそっ

と耳打ちしている。

「オーダーメードのスーツなんか必要ないと思うけど……」

「いいえ、まずは身なりからきちんとしなければなりません。今すぐ社長のようにというわけにはいかないとわかっています。ですが、形から整えていけば、やがてご自身の気持ちも変わっていくはずですから」

寺島が小声で諭《さと》すように言い聞かせている。どうやら恭介という青年は、ほとんど社会に出て仕事をした経験もないようだ。こう言っては申し訳ないが、近所に遊びに行くようなカジュアルすぎる服装といい、秘書とはいえ目上の者に対する口の利き方といい、見るからに道楽息子といった様相だった。

そんな彼に急遽《きゅうきょ》スーツを仕立てようとしているのは、病に倒れた父親の跡継ぎとして、早急に教育を始めなければならないということだ。長年三木汽船の歴代の社長秘書を務めてきた寺島にしても、いささか頭が痛いに違いない。

「スーツばかりりっぱでも、中身がともなってなければかえって笑いものになりそうだ……」

自嘲の言葉の裏には不安が見え隠れしていて、自分が跡継ぎとして充分でないことは自覚しているようだ。同時に、この現状からの逃げ道がないことも理解しているらしい。寺島に促され清見に招かれるようにして、恭介はアトリエ一階の奥の部屋に入っていく。

入り口の受付スペースの奥には、採寸や細かいデザインの打ち合わせをするための部屋がある。天井の高い部屋には、サンプルとなるスーツを着せた上半身のボディが二体。ドアの正面の壁は一面が作りつけの書棚になっており、服飾に関する書物がびっしりと並んでいる。清見自身が勉強するために集めたものだが、顧客の中にはパラパラと見て楽しんでいく人もいる。寺島のように付き添いできた人には、コーヒーを飲みながらのいい暇潰《ひまつぶ》しになっていると思う。

　また反対側の壁には衝立《ついたて》があり、その奥がワードローブになっていて採寸のときに着替えてもらう見本服が入っている。深いブラウンの木目の床以外はすべて白で統一された部屋は、余計なものはいっさいなくこのうえなくシンプルだ。過剰な装飾をしないのは、清見の人生そのものでもあった。

　ここで採寸と打ち合わせをしたあとは清見がアトリエの二階で作業に入るが、スーツが仕上がるまでには最低でももう一度来店して試着をしてもらうことになる。

　今回が初めての仕立てになる恭介はこれまで引いた型紙もないので、採寸もかなり細かくしなければならない。たかが採寸なのだが、彼は慣れない作業に長身を所在なさそうに縮めている。それはまるで医者の前に連れ出された子どものようにも見えて、おかしくなりやがて気の毒な気持ちになってしまう。

　三木汽船の社長の御曹司なら、もっと堂々としていてもよさそうなものだ。実際、清見の顧客の中には大手企業の跡継ぎや、父親も代議士という若手の二世議員も少なくない。そんな彼らはすでに父親から多くのものを受け継ぎ、自信を持って仕事に打ち込んでいる。その反面、若さゆえの傲慢さや不遜さが垣間《かいま》見えることもしばしばある。

だが、恭介という若者はこれまでいっさいそういう教育を受けていないのか、鼻持ちのならない感じはなく極めて自然体だった。清見にとってはある意味新鮮な印象だったが、これから社会人になるにしては少々自覚が足りない気もする。彼がゆくゆくは三木汽船の社長職を引き継ぐとしたら、秘書の寺島の苦悩も容易に推し量れるというものだった。

「では、採寸をしますので、カーディガンを脱いでもらっていいですか?」

カーディガンの下は白のTシャツ姿だった。それも脱いでもらおうか迷ったが、体にフィットしたタイプだったのでほぼ裸身と同じサイズが取れるだろう。まずは総丈、上着丈、肩幅、袖丈、オーバーバストなど、Tシャツの誤差を考慮しながら採寸していく。その後、ワードローブから彼の体型に近い見本服を選び出して手渡す。

「次はこちらのジャケットを着ていただけますか?」

ほとんどの客はビジネススーツか、あるいはもう少しカジュアルなスーツ姿で来店してくれる。だが、ごくまれに恭介のようにジーンズとTシャツでやってくる客もいる。

スーツを仕立てる場合、ジーンズやTシャツ姿の採寸では正確な数字が取れない。上着のほうはゆとりの部分や腰周りのラインをきちんと計算できないことと、ジーンズではスーツのパンツとは腰の位置が違うので股上の深さに不具合が生まれるからだ。

どんな事情であれ、仕立ての依頼を受けたかぎり最高の一着を作る。それが清見の仕事だ。

そのための第一歩は採寸であり、ここでの狂いは最終的に大きな不都合に繋《つな》がる。そこにはプロの技と慣れと経験があるのだ。

だが、客のほうは必ずしも採寸されることに慣れているわけではない。恭介はなんとも心地悪そうにしていたかと思うと、すぐに小さく体を揺らしてしまう。そんな恭介をなだめるように、清見は何度か彼の肩をそっと押さえた。そのたびに、じっとするのだが今度は長身を持て余すように背中が丸くなっていく。

百八十を少し超えた身長は胸を張って立てばさぞかしスーツが着映えするだろうに、猫背気味なのはとても残念だ。もちろん、そういう客の癖や特徴をうまくカバーするスーツを作るのが仕立て屋の仕事だが、できればまだ若い彼だから気をつけて直してほしい。

「背中を真《ま》っ直《す》ぐに。ええ、そうです。無理に胸を張らなくてもいいんですよ。ごく自然に。そうですね、あの書棚の上から二段目あたりを見る感じでしょうか」

清見のアドバイスどおり顔を上げると自然に背中が伸びる。彼の背が伸びているうちに、正確に採寸した数字を手際よく書きとめていく。

上着が終わったあとは衝立の裏で見本服のズボンを穿《は》いてもらう。ウエスト、ヒップ、ズボン総丈などを採寸したあと、最後にサイズの合いそうな革靴を持ってきてスニーカーからそれに履き替えてもらった。これは股下を測るためで、床から数センチのところの数字を書きとめる。

採寸を終えると今度はデザインの細かい打ち合わせだが、こちらは恭介本人とよりも主に寺島と話をすることになった。というのも、恭介に好みや希望を訊いてもまともな答えが返ってこない。本人がスーツに対して特別な思い入れがないのだから仕方がない。スーツを作ったこともなければ、何をどう注文していいのか知識そのものもないのだ。

その点、寺島は三木汽船に入社して三十年以上、社長の秘書として勤めて二十年以上となる。自分自身もそれなりのスーツで身を固めている。さすがに三木のように清見のところで仕立てるような贅沢はしていないが、それでも自分に合ったスーツを決まったブランドから選んでいる。

そんな寺島が恭介に代わって必要な条件や仕上がりのイメージを端的に伝えてくれる。ビジネスの現場に立つための初めてのスーツなので、オーソドックスな濃紺とダークグレイを希望していた。そのどちらも二着ずつ必要で、秋冬物の生地で仕立てたいということだった。

この夏は研修期間として働くため、表立った場所に立つ機会は多くないという。なので、とりあえず吊るしのスーツで間に合わせるが、秋からは本格的に関係者への挨拶回りを始めるので、それまでに仕上げてほしいと頼まれた。

寺島の意見を聞きながら、生地台帳からさらに細かい色合いと柄とブランドを絞り、あとは清見のセンスにまかせると言われた。ただ、恭介の年齢が二十七歳なので、年齢に相応《ふさわ》しい若々しさのあるデザインにすれば、本人もスーツに対する抵抗が少ないだろうと話す。

（二十七歳で初めてのスーツか……）

大企業の御曹司は、いったいこの歳まで何をして暮らしてきたのだろう。ふと考える清見に、寺島が恐縮したように何度も頭を下げる。

「急なことで大変申し訳ないのですが、どうぞよろしくお願いします」

顧客の依頼には、希望どおりに対応できるよう常に努力している。まして三木は清見の作るスーツをずっと愛用してくれている大切な客だから、今回も精一杯いいスーツを期限どおりに仕立てようと思っていた。

ひととおりの手続きが終わり恭介のほうを見ると、ようやく慣れない用事が終わったとばかりに椅子から立ち上がり小さな吐息を漏らしている。そして、チラッと清見のほうへ視線を向けると、思い出したようにペコリと会釈をして寄こした。この青年もやがては自覚を持って大企業を率いていくだけの男になるのだろうか。いずれにしても、その道のりは長く険しそうだ。

清見は恭介のそばに歩み寄ると自分よりも十センチほど長身の彼の横に立ち、一言声をかけてから広い背中をそっと手のひらで撫《な》でた。

「とてもバランスのいい体型をされていますね。お父様にそっくりでハンサムですしね。だから、いつも背筋を伸ばしていてください。そのほうがよりステキに見えますよ」

笑顔で言うと、恭介が戸惑ったように頬《ほお》を赤くする。その初々しい反応をからかうつもりはなかったが、もう少しだけ体を寄せて小首を傾げるようにしてもう一度微笑《ほほえ》んでみせた。すると、恭介はハッとしたように赤い顔を持ち上げる。

「あっ、あの、あなたは……」

何かをたずねようとしたものの、そばにいる寺島の存在を思い出したように口を閉じてしまった。

「どうかしましたか？」

「い、いや、なんでもないです……」

「では、試着の準備ができましたらご連絡させていただきます」

そう言って恭介と寺島を見送ると、清見はすぐに二階に上がる。作業部屋は南向きに大きく窓が取ってあってとても明るい。ただし、初夏から初秋までの午後は日差しが強すぎるので、日除《ひよ》けを下ろして作業をしている。

窓辺に行った清見はブラインドの紐《ひも》に手をかけて、すぐ下の道に停《と》まっている黒い車を見た。アトリエの隣の駐車場を来客用に借りているが、そこから運転手が車を出してきてちょうど店の前で寺島と恭介が乗り込むところだった。

（え……っ？）

そのとき、アトリエのほうを振り返った恭介が、なにげなく二階の窓を見上げた。ブラインドを下ろそうとしていた清見と恭介の視線が窓越しに合ったような気がして、奇妙な感覚にとらわれた。晴れた日のこの時間だと、窓に日差しが反射して外から部屋の中の様子はよく見えていないはず。まして、清見の視線に気づくはずはない。それなのに、恭介はなぜかこちらを見上げたまま動かない。

やがてドアを開けていた運転手が恭介を怪訝な顔で見つめていることに気づき、彼は慌てて後部座席に乗り込んだ。寺島はすでに助手席に座っているようだった。

車が走り去ってから清見もブラインドを下ろした。影ができたアトリエの中、急遽入った仕立てのことを考えながらスケジュール帳を開く。

三木にかぎらず長くつき合いのある顧客からは、少々無理のある注文でも快く受けてきた。そして、引き受けたかぎりは期限どおりに仕上げてきた。安請け合いをして迷惑をかけては信用にかかわる。なので、今回も少しスケジュールが立て込んでも、必ずやれるとわかって引き受けた。

ただし、今回は三木本人ではなく、彼の息子のスーツだ。型紙も揃《そろ》っていて、本人の好みもわかっている三木なら作業も進めやすいが、息子のほうはスーツを仕立てるのは今回が初めてだという。

人生で最初のスーツはどんな男性にとっても思い出の一着になる。それを清見の手で仕立てるなら、ぜひ満足のいく一着にしてあげたい。もちろん、清見にもきっと満足させてみせるという職人の心意気がある。

だが、当の恭介という青年はスーツに興味を持っているようには見えなかったし、そもそも彼は父親の跡を継ぐことを本当に納得しているのだろうか。

寺島に諭されるまで、本気で仕立てたスーツなど必要ないと考えていたようだ。それは、自分にはそんななりっぱなものはまだ必要ないという自嘲的な意味でもあり、同時にそんなスーツを身につければ完全に逃げ道を失ってしまうと不安がっているようにも見えた。そして、帰り際には何か心残りでもあるかのように、アトリエを見上げて視線をさまよわせていた。

人にはそれぞれ事情があって当然だ。ましてや大企業の跡継ぎとなれば、二十七歳の若者に不安がないほうがおかしい。二十七といえば、清見はその歳には日本のアパレルメーカーで何年か勤めたあと、パリへ留学していた。そこで入り直したモデリストの学校も卒業していたが、あの頃の自分も不安という霧に包まれ、人生をもがきながらさまよっていたような気がする。また、母親を亡くしてから数年後で、まだその喪失感も生々しい頃だった。

あの当時のことを思い出すと、今でもこの胸は強く締めつけられる。何年経《た》とうと薄れることのない痛みに小さな吐息を漏らし、アトリエのワークデスクの前に立つ。そして、たった今自分の心の中に過《よ》ぎった悲しい思い出を振り払うように、使い慣れた裁《た》ち鋏《ばさみ》を手にしてその刃を確認する。

(そろそろ砥《と》ぎに出さないと……)

先日のパリでの受注会は有難いことに好評だった。完全予約制で限定の五十名としたが、紹介で断れない注文も入り、この夏は体が二つほしいくらいだ。さらには、三木の息子からのオーダーも入った。

でも、忙しいのは嫌いではない。仕事に没頭しているときがむしろ好きだ。今の自分の背中を誰かが見ていたら、きっとあの頃のミシンに向かう母のようだと思うのだろう。それは清見にとって誇り以外のなにものでもなかった。

◆◆

物心ついたときから、母親との二人暮らしだった清見は父親の存在について何も知らない。四、五歳の頃に一度だけ、自分の父親はどこにいるのかたずねたことがある。

『お父さんは病気で死んじゃったのよ。だから、清見とママは二人だけの家族なの』

寂しげに言った母親の顔を覚えている。でも、家には亡くなったという父親の遺影も位牌《いはい》もなかった。家族三人の写真もなければ、父親の名前さえ母は口にしない。つまりはそういうことなのだと理解したのは、小学校に上がって間もなくのことだった。以来、清見たち親子の間で父親の話が出ることはなかった。

東京の片隅の下町での母子二人暮らしで、当然ながら生活は苦しかった。それでも、彼女は手に職を持っていた。洋裁ができたので、近くの縫製工場で働きながら自宅でも仕立てやリフォームの仕事を引き受けていたのだ。

幼い頃の清見の記憶にある母親は、いつもメジャーを首にかけてミシンに向かっている後姿だった。その横には仕立て上がった美しいワンピースやシャツ、ときにはスーツなどが吊るされていて、清見は母親の作品を嬉しそうに引き取りにくる客の顔を見ては自分までが誇らしい気持ちになったものだ。

生活は貧しくても、悲しさや寂しさが満ちた家庭ではなかった。そして、清見が母親と同じ道を目指したのは経済的な事情もあったが、それが自分自身の夢だったからだ。

高校のときの成績は悪くなく、学費はなんとでもなるからと母親は大学進学を勧めてくれた。だが、清見は服飾の専門学校に進んだ。卒業後は日本のアパレルメーカーで、メンズモデリストとしての仕事に就けた。服飾学校で学んでいる頃から、メンズのジャケットやスーツを作ることが好きだった清見にとっては天職のような職場だった。

だが、平穏な日々は長くは続かない。モデリストとして勤めて三年目の春、清見の母親が急《きゅう》逝《せい》した。少し具合が悪いと病院に行ったときに発見された膵臓《すいぞう》ガンはすでに末期だった。長年の無理がたたったのだろう。彼女は五十前だったのに、すでに体は七十の老人のようだったと医者に言われた。

母親を亡くしてしばらくの間は、ひどく投げやりな心持ちになっていたと思う。仕事は順調だったが、どこか物足りなさを感じていた。自分の目指しているものや世界とはかけ離れたことに無駄に時間を費やしている気がして、苛立《いらだ》ちばかりが募っていく。

そして、精神的なストレスと残業続きの仕事に今度は自分自身が体調を崩してしまった。会社からは病気療養休暇が与えられたが、清見は病院のベッドで点滴を受けながら新しい人生へと歩み出す決心をした。

自分の技術をもっと高めたい。世界中の人にこの腕が作り出すスーツが素晴らしいと認めてもらいたい。そんな職人になるためには、フランスのモデリスト養成学校へ入り一から勉強し直すしかないと思った。

フランス語は日本の服飾専門学校に通っているときから語学学校に通いはじめ、就職したのちもずっと勉強を続けていた。なので、日常の会話や読み書き程度ならなんとかなった。留学資金は母親の保険金を当てた。これは母親の命と引き換えに自分の人生を見つけるための留学だ。だから、けっして志は曲げられない。挫《くじ》けたり投げ出したりはできない。

そう心に誓って渡仏したが、現実は充分すぎるほどに厳しいものだった。地道に勉強を続けていたおかげでフランス語はどうにかなった。モデリストの養成学校でも人一倍努力して、優秀な成績で卒業した。ところが、その後の就職活動で清見が直面した問題は思いがけない外国人差別だった。

それは服飾関係にかぎったことではなかった。料理や洋菓子作りに関してもそうだった。あの頃、それぞれの分野で外国人は理不尽な差別に苦しんでいたと思う。そんな厳しい環境の中で挫折して帰国していった者も少なくない。だが、清見に帰る場所はなかった。祖国の日本に自分を待つ人はいない。なりたい自分、目指している自分になるまでは帰国はできなかった。

学校を卒業したのちモデリストの養成学校で取得した政府認定技術者レベルの資格を持って、いくつものテーラーに面接を受けにいった。だが、清見を雇ってくれる店はただの一つもない。持ち込んだ多くの試作品を見てその実力は認めてくれても、雇われるのは決まってフランス人だった。悔しくて悲しくて、セーヌの川岸で何度も涙をこらえなければならなかった。

ヨーロッパの中で最も美しい街並みの中、己の孤独を噛《か》み締《し》めながら母親のあとを追うことさえ考えた。だが、できなかった。そんな惨《みじ》めな自分のままで終わったら、自分で自分が許せない。それに、あの世で母親に合わせる顔がなかった。

帰国もできないし、パリで仕事も得られない。本当に切羽詰《せっぱつ》まった状態でも、清見に頼れる者はいなかった。そして、いつものようにテーラーに面接を受けにいき、外国人であることを理由に遠まわしに断られた帰りのことである。

もう夕飯のためのパンを買う金さえも底をつきそうだった。季節は真冬。パリの街にも雪が舞っていた夕刻。セーヌの河畔を歩きながら、この川の流れに身を投げてしまえばどれほど楽だろうと思っていた。ポンヌフを目の前にして、車道からクラクションの音がして振り返ると、そこには一台の車が停まっていた。

運転手が降りて後部座席のドアを開ける。そこから出てきたのは、モデリスト養成学校の校長と旧知の仲である、老舗テーラーのオーナーであった。彼のことは学校で何度か見かけたことがあった。だが、話したこともなければ、彼の店を訪ねていくことなど考えたこともない。ずっと雲の上のような人物だと思っていたのだ。

ところが、向こうは校長を訪ねて学校にくるたびに清見のことを見ていて、その実力も校長からよく聞かされていたらしい。

『君とは一度ゆっくりと話をしたかったんだよ』

そう言った彼は、髪やコートの肩に雪を被った清見を自分の車に招き入れ、その夜は食事に連れていってくれた。そこで身の上話をしたあと自分のアパートに送ってもらった三日後のことだった。卒業した学校の校長から呼びだされた。

世の中には奇跡というものがある。その日も何軒かのテーラーに面接に行ってから学校に立ち寄ると、校長から思いがけない話をもらった。それは先日一緒に食事をした男性の店で働かないかという誘いだった。最初は縫製職人としてだが、正式に雇ってもらえればワーキングビザも下りる。願ってもない話だった。それればかりか、努力次第ではカッターへの転職も望めるという。

信じる神を持たない清見にとって、手を合わせるのは母親の遺影だけだった。だが、その後も清見の苦難の日々は続いた。どこまでも立ちはだかったのは、やはり国籍の壁だ。

どんなに努力しても、人の三倍働いても、約束のカッターへの道は開かれなかった。老舗の一流店では顧客もそれなりの人物が名前を連ねている。そういう人たちの中には、外国人のカッターにはまかせたくないと頑《かたく》なに考えている者もいたし、同時に店の中でも厳しい競争があり常に先へと進むのはフランス人だったのだ。

限界を感じた清見は、一年ほどでその店から少し規模の小さな店に移ることを決めた。そこでならカッターとして雇ってくれるという話だったからだ。もちろん、新しい職場でも苦労は絶えなかった。カッターとして雇ってはもらったものの、周囲からの妬みや苛《いじ》めは数えきれなかった。彼らにしてみれば、自分たちの専門分野であると信じていたところに、日本人が高い技術で入ってくることが許せなかったのだ。

それでも、もうあとがない清見はどんな理不尽な要望にも誠意で応え、どんな嫌がらせにも屈しなかった。そればかりか、困っている者がいれば率先して手を差し伸べて見返りは求めなかった。

誰よりも細かく美しく完璧な仕事をこなすうちに少しずつ周囲からの信頼を得ることができ、やがては誰よりも厳しいチーフカッターから声がかかるようになったのは、その店に勤めて一年が過ぎてからのことだった。彼こそが清見が今も師匠と仰ぐ人物だ。ところが、そんな矢先にちょっとした事件が起こった。

チーフカッターが通勤途中に車の玉突き事故に巻き込まれ、頚椎《けいつい》に損傷を受けたことで入院を余儀なくされた。そのとき、彼は自分の代理として清見をチーフカッターに推薦してくれたのだ。このときほど自分の努力が報われたと実感したときはなかった。

清見は偏見を抜きにして自分の実力を認めてくれたチーフカッターに感謝し、私生活さえ投げ打つほどの仕事ぶりで彼の期待に応えた。やがて半年後にチーフカッターが職場に復帰したとき、誰よりも温かく彼を迎えた。そして、その日のうちに店を辞めることを告げた。

すでに清見の信頼は同僚や顧客からも絶大なものがあったが、けっして復帰したチーフカッターに遠慮してのことではない。自分は次のステップへ進まなければならない時期にきていると考えていたからだ。

清見は帰国を決めた。日本で自分のアトリエを持つためだ。長年の夢であったそのための資金は、フランスで働いてひたすら蓄えた。パリ時代から贔屓《ひいき》にしてくれた顧客の中には、無担保で援助を申し出てくれる人もいた。だが、それはあえて丁重に断ったが、東京で成功すれば必ずパリでも受注会を開くので、そのときにはぜひスーツを仕立てさせてほしいと頼んでおいた。

もちろん少なくない借金を抱えることになったが、今のところ滞《とどこお》ることなく返済できている。アトリエを始めて二年目の今は、自分の生活にも少しはゆとりができてきた。

苦しいことも辛いことも山のようにあった。それでも、自分の人生を後悔という色にだけは染めたくなかった。母親を失ったとき、この世に生きている証《あかし》はもはや自分の生き様しかないと思った。だからこそ、己の人生を振り返ったときに自分に恥じるような真似《まね》はするまいと決めていたのだ。

そんな清見だが、たった一度だけ今でも悔やんでいることがある。正確には悔やむべきことだったかどうか、今でも迷っていることがあるのだ。それは、不運と苦悩のどん底にいたあのパリでの出来事だ。

就職が決まらず、金も底をつきかけ、真冬の凍えるパリでさまよっていたあの夕刻。清見はたった一度だけ自分の信念に反する真似をした。声をかけられ車に乗って食事をさせてもらい、そして一夜をともにした。

(だから、あれは奇跡なんかじゃなかった……)

そう、あれは取引だったのだ。清見がたった一度この体でチャンスをもらった。自分の容貌がある種の同性の興味を引いてしまうことは、十代の頃にはっきりと意識していた。最初にその経験をしたのも、高校を卒業する直前のことだった。

相手はすでに高校を卒業して、地方の医大に通っていた先輩だった。夏休みに東京の実家に戻ってきていて、偶然図書館で再会した。その先輩とは彼が在学中に同じ美術部に所属しており親しくしていたので、帰りに一緒にお茶をして誘われるままにホテルに行った。

特別な理由はない。互いにそういうことに興味のある年頃だったし、先輩は受験を終えてようやく医大に入ったものの勉強のストレスもあったのだろう。

先輩とは彼がまだ在学中に、ふざけてキスをしたことはあった。清見が男子校の中でとりわけ目立つ容貌をしていたのは事実だ。

幼い頃から母親によく似ていると言われていた顔は、目鼻立ちが筆で描いたように細く女性的なのだ。また、外で駆け回って遊ぶより、母親が裁縫をしている後ろで黙々と画用紙に絵を描いていることを好むような子どもだったので、あまり日焼けを知らず肌はいつまでも白かった。

大人になってからはくせっ毛の髪を少し短くして後ろに流すようにしているが、学生時代は校則が厳しくないのをいいことに、伸ばした髪を適当に結わえていたりした。そのせいで、街を歩いていると後姿で女の子と間違えてナンパされることも多々あった。

べつにそれがいやだと思うこともなかった。それよりも、女の子からラブレターをもらったときのほうが清見には厄介に思えた。そもそも、学校以外の時間はほとんど休日もバイトをしていたので、女の子とデートしたりするような余裕はない。

それに、当時から清見にとっては女の子と過ごすより、服飾関係の本を図書館で借りてきて読んだり、フランス語の勉強をしたりするほうがずっと刺激的で楽しい時間だったのだ。

服飾の専門学校に通っている頃には、もうはっきりと自分は女性に対して性的な興味がないのだと自覚していた。だからといって、同性で強く惹《ひ》かれる相手に巡り合うこともなく、清見にとって恋愛は常に人生で二の次だった。

ただ、人並みに体の欲望だけは満たしてきた。あとくされのない関係で、互いに何も求めない。学生時代も日本でアパレルメーカーに勤めているときもそれでよかった。フランスに渡ってからはモデリストの勉強に追われる日々だったが、東洋人の清見をそういう対象として見る男たちから声がかかることは少なくなかった。

もちろん、ときには欲望の捌《は》け口《ぐち》は必要で、疲れたときほどそういう気分になる。そんなときは日本にいた頃と同じように、割り切った一晩かぎりのつき合いをしてきた。だが、仕事だけはこの体で取ることはしないと決めていたのだ。

落ちた面接の中には、あからさまにその手の駆け引きを持ち出した相手もいた。だが、そういう場合は清見からはっきりと断りを入れた。けっしてそれだけはしないと、亡くなった母親の働く背中を思い出しては自分を戒めた。

でも、あの日、あの夕暮れ、清見の心は極限まで弱っていたのだ。

『わたしは人種を問わず、優秀なカッターをサポートしたいと思っているよ。異国で苦労している若者に食事をご馳走《ちそう》するくらいはなんでもないことだ。感謝の気持ちは君次第でけっこうだよ』

清見がそれに応えたのは、あくまでも温かい食事に対するお礼のつもりだった。数日後の仕事のオファーについて、彼はベッドの中でも送ってくれる車の中でも、いっさい触れることはなかったのだ。

結果的には彼と一夜をともにしたことで、清見はチャンスをもらうことができた。そのチャンスを活《い》かしきれたかどうかはわからない。だが、あの店をきっかけに自分のキャリアは始まり、その後の店でカッターとしての仕事を得たのも事実だし、努力が実って念願の独立を果たせた。

三十を過ぎて東京に戻ってきてからは、もう一夜の遊びさえする余裕もないほどに働いてきた。一生独身でいることはすでに覚悟しているし、仕事さえあれば誰かと心を寄り添わせて過ごす甘い時間も必要ない。客からそういう誘いを受けることがないとは言わないが、それをしたら職人のプライドが壊れてしまう。

遊びが必要なら、夜の街で吐き出せばいい。でも、今はそれをしたいとも思わない。この手で美しいスーツを作り上げることで、清見の心は充分に満たされる。

一人黙々と作業をしていると、時間も忘れ、食事も忘れ、気がつけば深夜近くになっていることもある。どんなに忙しくても、けっして雑な仕事はしない。けれど、この夏はキャンセルになったと思った仕事が入ったために、少しばかり時間調整をしなければならないだろう。

秋には清見の仕立てたスーツをあの若者が着ることになる。一度目を閉じてその姿を脳裏でイメージしてみる。それは、彼にかぎらずすべての客についていつもやっていることだ。

そして、恭介のスーツ姿を想像したときだった。清見は思わず驚きとともにハッと目を見開いた。どういうわけか、自分の脳裏の中で世間知らずの御曹司がりっぱな男になっていたからだ。

自分の仕立てるスーツには自信を持っている。けれど、それを身につけただけで一人前の男になれるなどと奢《おご》ったことを言うつもりはない。中身がともなってこそスーツも活きるし、それを着こなすだけの男になれるのだ。

ところが、このとき清見の脳裏に浮かんだ彼は、凛々《りり》しく胸を張った姿で驚くほど美しくスーツを着こなしていた。

（まさか……）

苦笑とともに心の中で呟いたのは、とても失礼な言葉だったと思う。けれど、彼が一人前の企業人になり、仕立てたスーツに着られないようになるには、まだまだ長い時間が必要なのは間違いないはずだ。ただ、恭介には三木浩介《こうすけ》の血が流れている。彼の父親である三木はりっぱな事業家だ。

そもそも三木汽船は三木の父親、すなわち恭介の祖父が作り上げた海運会社であった。経済成長する日本と世界を物流で繋ぎ、大きな業績を上げていた。だが、仕事に追われていたこともあり、初代が身を固め一人息子の浩介を得たのが三十代半ばと遅かった。

初代が会長職に退いたとき浩介はまだ三十になるかならないかだったため、それまで右腕として働いていた部下が社長職を引き継いだ。おりしも海運業界にも陰りが見えてきた八十年代後半のことだった。その後の二十年ほどは、三木汽船にとっても停滞の時期だったといえるだろう。

そして、現社長である一族としては二代目となる三木浩介が社長に就任した頃、海運業はいよいよ過渡期を迎えていた。そこで豪華客船の就航や国内とアジアの定期路線を合併するなど、時代を読んだ経営で三木汽船は常に業界の大手であり続けている。

そんな三木浩介の息子である恭介も、いずれは父親のようにスーツを侍の鎧《よろい》のように着こなす日がきたとしても不思議な話ではない。

また、中身はこれから育つとしても、彼はすでに恵まれた体型を持っている。やや痩せ型だが、スーツを着こなすのに充分な長身で肩幅もある。猫背気味とはいえ、それさえ直ればメンズ雑誌のモデルにでもなれるような整った目鼻立ちだ。太い眉や二重が深く瞼《まぶた》を型どった切れ長の目、筋の通った大きめの鼻にやや肉厚な唇など、どれも男らしくていい意味での色気もある。そう思った途端、清見の中で職人魂に火がついた。あの若者に最高の一着を作ってやりたい。

二十七にして初めて仕立てるスーツだ。普通の青年なら贅沢かもしれない。けれど、彼には背負っている責任も立場もある。それに見合うだけのものを身に着けて、寺島の言うとおり彼自身が自分の宿命を自覚しなければならないのだから。

お得意様のリストには、東京だけでも数十名の名前が並んでいる。ほとんどの客はオーダーのためにアトリエを訪問してくれるが、清見のほうが訪ねていき注文を受ける場合もある。

その日訪ねていたのは柏木《かしわぎ》という貿易会社の会長宅だった。三木と同様にパリにいた頃から清見を贔屓にしてくれていた彼は、近頃でこそ会長職に退き日本に落ち着いているが、数年前までは代表取締役として自らパリと東京を月に二度は往復するような生活をしていた。

向こうで貴重なワインや珍しいチーズの買い付けをして、日本のデパートや小売店に卸す商売を何十年も前に始め、それらの商品は昨今ではすっかり日本の食生活にも定着して大きな利益を上げている。

本人は自分の食べたいものと飲みたいものを売ったら当たっただけだと言うが、会社をこの規模にするまでには地道に努力を重ねてきた人だ。望まれれば誰のスーツも作るが、こういう人にこそ自分の仕立てたスーツを着てほしいという思いもまた清見の本音だった。

「君のスーツを着たら、他のスーツが着られなくなるんだよ。気に入ったブランドで揃えてはみても、迷ったときにはやっぱり着心地のいいものを選んでしまう。そうすると、必ず君のスーツに袖を通しているってわけだ」

それは、仕立て屋としてこれ以上ないほどの褒《ほ》め言葉だった。

「ありがとうございます。そのお言葉がとても励みになるんです。柏木様にとって最良の一着を作りたいといつも思っていますから」

「要望を聞いてきちんと対応してくれるテーラーは他にもいるんだが、君にアドバイスされたものはもれなくいいんだよ。毎回、ちょっとした新鮮味が味わえたりしてね」

「年齢とともに体型の変化はあって当然ですが、柏木様は毎回採寸させてもらってもほとんど変わっていません。その自制心には頭が下がります。新しいデザインを盛り込めるのも、その体型を維持されているおかげですから」

今年で六十七になるというのに、彼は七年前からまったくサイズが変わらない。お世辞でもなんでもなく、本当に自己管理ができてこそどの世界でも一流だと思うのだ。すると、柏木は笑いながら清見のほうを向いて粋《いき》なウィンクをしてみせる。

「君に失望されたくないからな。パリで初めて会ったときには、なんでパリのテーラーまできて日本人の若造に型紙を引かせるんだって思ったもんだがね。でも、今になってしみじみ思うよ。美しいものは美しい人間の手から生み出されるんだってね」

もちろん、柏木が見た目のことを言っているわけではないとわかっている。その仕事に真摯《しんし》に向き合っている人間こそが美しいという意味があるのだ。

柏木や三木のようにパリの店で働いている頃に出会って、東京でも顧客になってくれている人は少なくない。清見にとっては自分が苦しかった時代を知っている人たちだからこそ、大切にしたいと思うのだ。

「では、一ヵ月後にまたおうかがいします」

試着も自宅ですることを希望している柏木に告げて、清見が道具一式を片付けていると、手伝いの女性がお茶を運んできてくれる。長居はしないようにしているが、お茶を飲みながら世間話をするのも仕事のうちだ。それによって、客との距離がより近くなり信頼関係を築くことができるし、柏木のような顔の広い客からは仕事に役立つ情報をもらえることもある。

「ああ、そういえば、三木くんの息子とは会ったかな?」

用意されたお茶を一口いただいたところで、柏木が三木の話題を出した。貿易会社を運営する柏木と海運会社の社長である三木の間には商売上の取引があり、かれこれ十年以上のつき合いになるという。実は、三木に当時清見の勤めるパリのテーラーを紹介したのも柏木だった。

柏木の会社が扱っている商品はワインやチーズがメインで、日本へ出荷する際しっかりとした温度管理が必要になる。そのための輸送会社を探していたとき、当時ヨーロッパでの事業を拡大させていた三木汽船との取引ができた。

柏木がパリで知り合ったばかりの頃は三木もまだ三十代半ばで、先代の社長である父親から修業の意味も込めてしょっちゅう海外に出されていたと聞いている。

柏木は己の腕と知恵で商売を軌道に乗せて成功した叩《たた》き上《あ》げの存在で、片や三木は父親の興した企業を継ぐことが決められたすでに部長の肩書きを持つ御曹司だ。年齢差もあり業界も立場も違っていながら、二人はウマが合ったという。

パリで知り合い、東京でも家族ぐるみで親しくつき合ってきたので、今回の三木の入院にはとても驚き案じていると言っていた。なにしろ自分よりも十歳以上も若い三木が倒れたのだから、それも無理はない。

そんな柏木から三木本人ではなく息子のほうの話が出るのは、柏木も三木汽船の将来を案じているからだろう。清見は先日寺島に連れられてきた恭介のこと思い出し、笑顔で答えた。

「療養中でいらっしゃいます三木社長の代わりに、秋冬物のスーツの注文をいただきました」

「やれやれ、ようやく跡継ぎがその気になったらしいね。三木くんも苦労が多い人だよ。いや、実際のところ、苦労しているのは教育係の寺島くんのほうかな。いずれにしても、跡継ぎがいるというだけでも羨《うらや》ましい話だけれどね」

そんな柏木の言葉には答えようもない。彼は若くに結婚したものの子どもができないままで、自分で築き上げた財産は夫婦で使う以外にない。だから、スーツ一着にしても値段に糸目をつけず清見にオーダーを出しているのだ。

「恭介さんのこともよくご存知《ぞんじ》なんですか？」

家族ぐるみのつき合いがあれば、柏木も恭介と面識があるはずだ。柏木のような豪腕の男から見れば、あの若者は父親の足元にも及ばない、さぞかし甘えた人間に映っているのではないだろうか。ところが、清見の想像に反して、柏木の恭介に対する評価はそう厳しいものではなかった。

「あの子はなかなかおもしろい感性の持ち主だよ。まぁ、企業人としてどうかと言われれば、未知数としか言えないがね」

「おもしろい感性ですか？」

　どういう意味だろうと清見が素直にたずねる。すると、柏木はソファから立ち上がり、書棚から数冊の雑誌を取り出してきた。それは最近発行された野鳥観察に関する雑誌だった。

　この部屋にも屋敷の玄関先にも、アンティークのデコイや陶器で作られた精巧な野鳥の置物が飾られている。柏木の趣味の一つが野鳥観察であることは以前にも聞いている。インドア派の清見にはまったく無縁の話題だが、それなりに興味深かったのを覚えている。

「その雑誌の最初にグラビアがあるだろう。その川の鳥とか、次のページの山の鳥とか。その写真ね、彼が撮ったんだよ。他にも彼の撮った写真はちょくちょく資料映像として使われているよ」

　見れば写真のクレジットに「三木恭介」の名前があった。

「ただの道楽息子に見えるかもしれないが、けっこうおもしろいこともやっているだろう？」

　そう言ったかと思うと、柏木はちょっと悪戯《いたずら》っぽい笑みを浮かべてみせる。

「実は、あの子に野鳥観察を教えたのは他でもない、わたしなんだよね。彼が成長してからはそう会うこともなくなったが、子どもの頃はよく連れ出して遊んだりしたもんだ」

「じゃ、彼も柏木会長と同じで小さい頃からアウトドア派なんですね？」

「いやいや、今でこそでかく育ってるけど、子どもの頃は虚弱体質なうえ内気な性格でさ。三木くんの奥さんが亡くなったのが、恭介くんが十歳のときだったかな。それ以来、よけいに家にこもりがちになってしまったと三木くんが心配していたものだから、わたしが山や川へ出かけるときに一緒に連れていっては鳥の名前を教えてやったんだよ。そうしたら、あっという間に観察の仕方やポイントなんかも自分で勉強するようになって、高校生になる頃にはよく海外にも出て鳥を追っかけていたけどね」


思いがけない話が柏木の口から次々と飛び出してきて、清見はそれらの情報を自分の中で急いで整理しなければならなかった。

「そういえば、三木社長は奥様を亡くされていたんですよね」

「三木くんも気の毒だったが、恭介くんもまだまだ多感な年齢だったからね。再婚の話も何度か出ていたけれど、結局は独り者で通しちゃったんだよな。多分、恭介くんの気持ちを考えてのことだったと思うけどね。だが、少年期に母親がいないというのはよかったのか悪かったのか……」


柏木の話では、三木は亡くなった妻をたいそう愛していたこともあり、また息子の恭介の気持ちも考えて後妻を取ることはしなかったという。だが、忙しさに追われて息子のそばにいることができず、恭介はずいぶんと孤独を感じて暮らしてきたようだ。

彼にとって柏木に教えられた野鳥の観察は趣味であると同時に、それに夢中になることで寂しさを紛らわせてきた部分があるのではないかということだった。

「そうだったんですか……」

いくら大きな企業の御曹司とはいえ、あまり世間を知らない様子の恭介を見れば二十七歳になるまで何をして暮らしてきたのだろうと不思議に思った。だが、彼には彼の事情があったようだ。そして、父親の三木もまた息子に対していろいろと思うことがあるのだろう。

少なくとも、恭介はただ遊び暮していたわけではなく、フリーのカメラマンとして仕事はしていたようだ。

「三木くんは会社を継がせないつもりでいたのかもしれないし、恭介くんも継がないつもりだったかもしれない。わたしもそれならそれでいいと思っていたんだけどね。三木くんが病に倒れて、双方ともちょっと考えが変わったのかな。世の中、何があるかわからないもんだね」

柏木がしみじみ言うと、清見の顔を見て意味深長に微笑む。

「君くらい苦労をしてきた人間には、恭介くんのような若者はどんなふうに映っているんだろうな」

清見の洞察力を試しているのはわかるが、まともに答えるわけにもいかない。

「スーツは似合いそうですよ。身長もあってきれいな体のラインをしていますし、三木社長に似てハンサムですしね」

するとと、柏木はさもおかしそうに声を上げて笑う。

「確かにな。俺もそれは認めるよ。だが、この先どう化けるか、あるいは化けないかだな。友人の息子だから、心配しているし楽しみでもあるんだ。いつか君の仕立てたスーツを着こなせるだけの男になればいいけどね」

ちょっと突き離したように言ってはいるものの、柏木の言葉には恭介に対する期待が隠れているのがわかる。柏木は恭介が「おもしろい感性」を持っていると言っていた。野鳥観察にかぎらずもっと深く訊いてみてもよかったが、このときはやめておいた。

それは柏木から聞くのではなく、彼のスーツを仕立てながら自分の目で確かめていきたい気がしたからだ。


自宅からアトリエには電車通勤しているが、顧客のところへ訪問するときは自分で車を運転して向かう。その日、柏木の採寸を終えてアトリエに戻る途中、清見は少しばかり寄り道をすることにした。行き先は三木汽船の本社だ。柏木の自宅は横浜なので、三木汽船の本社ビルのある場所からは遠くない。

予定ではなかったし、アポイントメントも取っていない。スーツの注文を受けているからといって、秘書の寺島を呼び出すつもりもない。ただ、受付に行き伝言を残していこうと思っただけだ。だが、本音は柏木の話を聞いて、ちょっと三木汽船の様子を外から見てみようという気持ちになったから。

社長の三木浩介が未《いま》だ病気療養中だと聞いているが、息子の恭介の教育はどれほど進んでいるのだろう。もしかしたら、スーツが仕上がる前に逃げ出している可能性もあるのではないかと思っていた。もっとも、そうであったからといって寺島がオーダーしたスーツの代金を支払わないことはない。

清見にとってそれが大きな問題ではないように、よしんば恭介が三木汽船を継がなかったとしても、企業というのはどうにかして続いていくものだ。清見のように個人経営とは違い、船は巨大であればあるほど、容易には沈没しない。何重ものセーフティネットが張られたうえで、多くの従業員を抱えて経営が成り立っているのだ。

三木汽船の本社ビルは戦前に建てられた重厚な造りで、木造にレンガの型枠にコンクリートを組み合わせた構造になっている。こういう様式は古い建物が多いパリでもあまり見かけない。

ロビーの中の案内板には、ウィーン分離派のセセッション様式という建物だと説明があった。古典的な装飾を幾何学《きかがく》的に表現した、当時にすればかなり画期的なデザインだったのだろう。

今でこそ海運会社も厳しい経営を迫られていると聞くが、戦後の高度経済成長期には飛ぶ鳥を落とす勢いだったのだ。昔も今も、りっぱな建物が自分のオフィスであることに誇りを感じて働いている社員も多いだろう。

清見が三木汽船の本社を訪ねるのはこれが初めてのことだった。三木がスーツをオーダーするときはいつもアトリエに出向いてくれるので、清見が三木汽船の本社にやってくることはなかったからだ。

こうして外観を見たところで恭介のことがわかるでもない。にもかかわらず、足を運んでしまったのは単なる好奇心というものだ。それ以外の理由など自分でも思いつかない。

清見は一階の受付に出向くと、自分の名刺を出して秘書課の寺島へ伝言を頼みたいと告げた。カウンターにいた女性は笑顔で名刺を受け取り、日付と時間のメモを取って伝言内容を書き込んでいた。

それは、恭介のスーツの試着の準備ができたという伝言だった。かなり急いで試着まで仕上げた。他の仕事をしながらも、早く恭介にスーツを着せたいという思いが強かったのだ。どの一着もその人にとって最高の一着にしたいという思いはある。けれど、こんなふうに気持ちが焦ったように仕上げたくなることは珍しい。それに、急いで仕上げれば恭介本人はともかく、少なくとも寺島は安心するだろうと思ったのだ。病気療養中の社長のことに加え、恭介の教育に日々心労を募らせているだろう寺島へのちょっとした心遣いのようなものだ。

清見が伝言だけを残し、ロビーから出ようとしたそのときだった。偶然にもちょうど外から寺島を従えて建物の正面玄関を入ってくる恭介の姿を見かけた。

最初にアトリエにきたときは、会社勤めとは無縁というような肩につくほどの長い髪をしていていた。それが、今はすっかりスーツを着てもおかしくないように短く切って、軽く後ろに流している。

寺島の見立てだろうか、少し明るい濃紺の夏物のスーツは若者らしいクレディックのシャツと組み合わされてそれなりに似合っている。難しそうな表情で真っ直ぐ前を見て歩く姿だけを見れば、なかなか企業人らしくなっていた。

だが、次の瞬間には重い溜息をついて、背中が丸くなっていく。少し後ろを歩いていた寺島が何か声をかけると、さらにうんざりしたように表情が曇るのを隠せないでいる。どうやら、見た目だけは整えてはみたものの、中身はまだまだ社会に適合できていないらしい。

柏木の話では野鳥観察に関してはかなりの知識があり、写真が雑誌に掲載されることもあったようだが、しょせん趣味の範囲を出るものではない。

社会的な責任も負わず、二十七の歳まで気ままに生きてきた人間がいきなり企業の中に放り込まれれば、それはさながら迷子の子どものようなものだろう。当分はああして寺島がそばにつき、恭介に仕事というものを一から教えていくしかない。

事情を知らない者が見れば、ベテランの秘書をつき従えている若く凛々しい三木一族の三代目だが、実際はそんな優雅でも生温《なまぬる》い状況でもない。恭介と寺島のそれぞれが気の休まる間のない毎日なのだと思う。

忙しいところを邪魔する気はない。向こうがこちらに気づいていないので、清見はそのままビルを出て車を停めた近くのコインパーキングへ向かう。梅雨の曇り空の下、体にまとわりつく湿度の高い空気を振り切るように歩いていると、背後からいきなり声がかかった。

「待って。河原さん、ちょっと待ってくださいっ」

こんなところで知り合いがいるとも思えず驚いて振り返れば、そこには駆けてくる恭介の姿があった。

(え……っ?)

なぜ恭介が追ってきたのかわからず、清見はその場で立ち止まったまま彼を見上げていた。そばまできた恭介は荒い息を整えるようにして何度か深呼吸してから、額の汗を片手で拭いながら言う。

「い、今、受付で名刺をもらって。で、聞いたら、帰ったところだって言うから……」

「それで追ってきてくださったんですか？　オーダーいただいているスーツの件で何かありましたら、寺島さんからお電話をいただければよかったんですよ」

なのに、わざわざ汗をかいてまで追いかけてきてくれる必要はなかった。清見が自分の気まぐれで会社に立ち寄ってしまい申し訳ない気分で謝りかけたら、それを遮《さえぎ》るように恭介が言う。

「いや、スーツのことじゃなくて、せっかくきてくれたから顔を見たくて……」

「えっ、顔をですか？　わたしの？」

少し笑みを浮かべてたずねたのは、必死になっている恭介の姿を見ているうちにおかしくなってしまったから。名刺を受け取ったということは、伝言も聞いているはずだ。

それでも、追いかけてきたのはたとえわずかな時間でも寺島の目の届かないところへ逃げ出したくて、清見の訪問を理由に使ったのではないかと思ったのだ。だが、恭介にはそういう企《たくら》みはなかったらしい。

「また会いたいって思っていたら、河原さんのほうからきてくれたから驚いたし、嬉《うれ》しかったし……」

そこまで言いかけて、ハッと我にかえったのか今度は困惑したように言い訳をする。

「あっ、いや、そ、そういう意味じゃないです。いや、ちょっと、本当に挨拶だけでもしたくて……」

話をすればするほどに焦っていく様子が可愛《かわい》くて、清見は今度こそ声を漏らして笑ってしまった。すると、恭介はもうどう説明したらいいのかわからなくなったのか、真っ赤になって俯《うつむ》いてしまう。猫背がよけいに丸くなっていて、可哀想《かわいそう》になってしまうくらいで清見はすぐに笑ってしまった非礼を詫《わ》びる。

「わたしのほうこそ笑ってしまって、ごめんなさい。ただ、どこかから帰社されたばかりでお忙しそうでしたし、まさか三木様のほうから声をかけていただけるとは思っていなかったので……」

そう言ってから、清見はしまったと口元を片手で軽く押さえ視線を逸《そ》らしてしまった。

「もしかして、ロビーですれ違ってました？　気づいていたなら声をかけてくれればよかったのに」

「お仕事のお邪魔をしに寄ったわけではないですから。たまたま、近くに用があったので伝言だけでもと思いまして……」

今度は清見のほうが口ごもる格好になってしまった。

「じゃ、せっかくだからちょっとオフィスに寄っていきませんか？　お茶くらい出しますから」

恭介はまるで自分の部屋にでも誘うように言うが、まだ三時を回ったところだ。本当に仕事の邪魔をしては申し訳ないと思うし、一日でも早く彼を一人前とは言わずとも、半人前くらいには仕立てなければならない寺島にしてみれば、わずかな時間でも惜しいと思っているに違いない。

「ありがとうございます。でも、わたしもこのあと仕事がありますので、今日のところは遠慮させていただきます。三木様もお忙しいとは思いますが、ご都合のよいときに試着にいらしてください。秋までには必ず間に合わせるようにしますから」

それだけ言うと、清見は停めてあった自分の車のドアに手をかける。すると、恭介も一緒にドアノブに手を伸ばしてきて、清見のためにドアを引いてくれた。思いがけないスマートな振る舞いと、指先が触れ合ったことで柄にもなく照れ臭い気持ちが込み上げてきた。

「ありがとうございます」

「ミニに乗っているんですね。俺もこの車好きなんです。小回りが利くし、けっこう走るし。でも、俺にはちょっと窮屈《きゅうくつ》なんだよな」

清見のミニクーパーを見て恭介が笑顔で言う。屈託のない、少年のような笑顔だった。さっきロビーで見たときの溜息混じりの落ち込んだ表情とはまるで違う。

「その身長ですものね」

そう言ったあと、清見は彼のそばに立って店で採寸をしたときと同じようにそっと背中に手を当ててやる。

「ほら、また背中が丸くなっていますよ」

恭介はハッとしたように背筋を伸ばすと、恥ずかしそうに乱れてもいない髪を後ろに撫でつける。さっき、会社のロビーでずいぶんと印象が違って見えたのは、この髪型のせいものあるのだろう。

「いろいろと大変だとは思いますが、頑張ってくださいね。それから、体調にはどうかお気をつけて。無理だけはしないように……」

一介の仕立て屋が言えることはそれくらいだ。何百人という従業員を抱えている企業のトップになるためにはどれだけのものを背負わなければならないのか、清見には想像もできない世

界だった。

会釈をして自分の車に乗り込むと、駐車場を出て道路を左折するまで、バックミラーにはそこに立ってこちらを見ている恭介の姿があった。

立場や肩書きを取ってしまえば年下の世間知らずの若者とはいえ、三木汽船の「三木恭介」であるかぎりはアトリエの大切な顧客なのだ。そんな彼に見送らせてしまったようで申し訳ない気持ちになった。

それでも、ハンドルを握りながらまた少し笑みが込み上げてくる。寺島にずいぶんと絞られているのか、ふさぎ込んだ表情で背中を丸めているのを見たときはさすがに心配になった。けれど、駐車場まで追いかけてきたときの懸命な姿や、短い会話の間に見た屈託のない笑顔に彼のたくましさが垣間見えたような気がしたからだ。

アトリエにきたときは目上の者への言葉使いもわかっていないようだったが、さっきの会話では「です・ます」の言葉使いも自然になっていた。もちろん、まだ拙《つたな》さはある。それでも、三木汽船を継ぐのもそう絶望的な話ではないのかもしれない。このとき、柏木の意味深長な笑みと言葉を思い出す。

『あの子はなかなかおもしろい感性の持ち主だよ。まぁ、企業人としてどうかと言われれば、未知数としか言えないがね』

清見が知らない世界で生きてきた独特の感性というものがあるのかもしれない。ただ、それが大企業を引き継ぐだけの器として役立つものかどうかは、今後を見守っているしかないということだ。

少なくとも、恭介は逃げ出してはいなかった。不安はあってもやるしかないと覚悟を決めたのかもしれない。それを確認できただけで、なぜか少しばかり安堵《あんど》している自分がいる。

柏木は清見がパリでさんざん苦労してきたことを知っているから、恭介のような若者を見て呆れながら腹の中では軽蔑しているると思っているのかもしれない。

これまで甘えた生き方をしている人間を見れば、自分がかかわることはないと心のどこかで距離を置くようなところはあった。心が狭いのかもしれないし、優しさに欠けることかもしれない。けれど、そうやって生きていくしかなかったのも事実だ。自分を鼓舞し、前へと突き動かすのは自分しかいない。

けれど、恭介を見ているかぎり、柏木が考えているような否定的な感情は湧いてこないのだ。自分でも不思議なのだが呆れるよりも案じてしまうし、立場もわきまえず励ましてやりたくなってしまう。

(どうしてだろう。よけいなお世話なのに……)

そうとわかっていても、今日は思い立って三木汽船の本社ビルに立ち寄ってよかったと思っていた。

清見が三木汽船の本社を訪ねてから一週間後、寺島から連絡が入った。明日の夕刻には少し時間が取れそうなので、恭介のスーツの試着にきたいという内容だった。

他のアポイントメントとの調整もついたので、四時の約束でアトリエにきてもらうことにした。そのとき、清見は寺島に三木の容態についてたずねてみた。普通は顧客のプライベートについてはあまり立ち入ったことはたずねたりはしない。だが、長くつき合いのある三木なので、あくまでも気遣いの範囲でのことだ。

『近頃は体調のよい日が多く、間もなく退院の予定です。ご心配をおかけしました。ただ、退院してもしばらくは自宅での療養が続きそうです。本人は早めの現場復帰を考えているようですが、長年働きづめでしたから、この際しばらくは休んでゆっくり英気を養ってもらいたいと思っています』

寺島は歴代の社長秘書を務めて二十年以上になり、未だ独身で人生を三木汽船に捧《ささ》げたような人だ。あるいは、三木浩介と運命をともにして生きてきた人でもある。彼としても復帰は心からの望みなのだろう。だが、ここで無理をしてもらいたくないというのも彼の本当の気持ちだとわかる。

寺島は清見の気遣いに丁寧に礼を言うと、今一度スーツの仕上がりの期限を急がせてしまったことを詫びた。

いろいろな会社の役員や取締役の秘書という人たちとつき合いはあるが、寺島はそんな人たちの中では一流中の一流だと思う。人と接するときの姿勢として、清見もまた寺島から学ぶものがあると思わされるのだ。

そして、翌日の予約の時間になると恭介が一人でやってきた。もうアトリエの場所もわかっているし、寺島も忙しい身だから仕立て屋にまではつき添っていられないのだろう。清見は恭介を出迎えていつもどおりアトリエの一階の応接室に通すと、試着用のスーツを準備しながらたずねた。

「寺島さんにお電話でうかがいましたが、三木社長はずいぶん回復されているようでよかったですね」

慣れない仕事に疲れているだろうが、きっと父親のことも案じながら不安な日々を送っているはずだ。

寺島の話だと恭介の毎日は土日の休日以外、綿密に予定が組まれているらしい。主に午前中は社内で研修を受けて、午後からは得意先へ営業職とともに回り、帰社してからは日報を書いて、夜は父親の名代として接待の席に出る日も少なくないらしい。

そんなハードスケジュールのせいか、いくら体力のある若者とはいえ先週会ったときよりも少し頬がこけているような気がするし、目の下にもうっすらとクマができていた。

「病室で寺島さんにあれこれ仕事の指示を出しているみたいだから、もう充分元気なんですよ。早く現場復帰してくれたら、俺も助かるんですけどね」

もしかして、三木が復帰したら恭介はまた元の生活に戻ろうと考えているのだろうか。清見がそのことを遠慮気味に確認してみると、そうじゃないと首を横に振る。

「いや、それはないです。継ぐことはもう決めたから……」

「だったら、よかったです。三木社長も息子さんが跡を継いで頑張っていれば、安心して療養ができるでしょう。わたしも三木社長には一日も早くお元気になっていただきたいと思っています。またわたしが仕立てたスーツを着ていただきたいですからね」

清見がそう言いながら試着用の上着の襟を持ち、恭介に羽織らせるために彼の背後に回ろうとしたときだった。彼がじっと清見の顔を見つめていることに気がついた。何か気に障ることでも言ってしまったのだろうかと案じていたら、溜息交じりにポツリと呟く。

「俺は本当にこのままで……」

そこまで言いかけたものの、彼はなぜかハッと我に返ったように口を噤《つぐ》む。その複雑な表情を見て、跡継ぎの件については未だに葛藤《かっとう》があるのだろうと察した。恭介にとってデリケートな問題なら、あまり清見が触れるべきではないのかもしれない。

そう己を戒めながら上着を着せてやると、恭介は肩を軽く上下させてスーツの着心地を確かめている。袖を通した上着の襟を軽く引っ張り、腕を曲げて袖口を確かめ、肩を小さく回してからいろいろな角度で鏡に映った自分を見ていた。

「どうですか？　どこか窮屈だったり、ゆとりがありすぎたりする場所はありませんか？　どんなことでも遠慮なく言ってみてください」

「あっ、いや、それはないですけど……」

サイズの問題はなくてもデザイン的に気に入らない部分があれば、この場で聞かせてもらえれば修整することができる。だが、そういう問題ではないという恭介は曖昧に答えながら、不思議そうに何度か首を傾げている。

「本当に遠慮なく言ってくださいね。お客様の納得のいくまで、何度でも修整するのがオーダーメードですから」

初めて仕立てるので、あれこれと細かい注文をつけるのが憚《はばか》られているのかと思った。だが、そうではなかったようだ。

「いや、本当にそれはなくて、ただ、なんかすごいなって思って……」

どういう意味かわからない清見が少し首を傾げてみせると、恭介は感動したように言う。

「だって、スーツを着ている気がしないんですよ。すごく楽なんです。肩も腕も胸も、自由に動かせるっていうか。なのに、鏡で見るとすごくきちんと見えているし。不思議だなぁ。スーツってこういうものなのかな?」

ものすごく真面目な顔でそんなことを言うので、清見も素直に嬉しくなった。

「ありがとうございます。どうやら気に入っていただけたようですね」

自信はあった。カッターとして、常に試着の段階でほとんど修整の必要のない完成度を目指している。柏木のようにスーツを着慣れている人が口にする褒め言葉も嬉しいが、スーツを着慣れていない恭介だからこそ言える言葉もある。こういうときは、本当に自分が目指してきた道が間違いではなかったと思えるのだ。

衝立の裏で着替えてズボンの試着もしてもらったが、ウエストや股上もほぼ問題なかった。そして、自分のためのスーツを身につけて立つ恭介は、いつか清見が脳裏で思い浮かべた凛々しい姿にかぎりなく近い。ただし、スーツは完成しておらず、恭介自身が未だ企業人として未熟ではあった。

どんな男も大人になって初めてスーツに袖を通したときは、借り着をしているように様《さま》にならないものだ。それでも中身がともなっていくほどに、上等なスーツがぴったりと自分の体にフィットしてくる。

ある意味、スーツはビジネスマンにとって闘うための鎧であり、同時に自分がどのように生きてきたかを計ることのできるバロメーターのようなものだ。恭介もそのことを実感しているのか、自嘲的な笑みとともに言う。

「でも、スーツばっかりがりっぱで、かえって自分の駄目な感じが目立つ気がします」

「これからですよ。どんな男性でも年齢と経験を重ねて、スーツが似合うようになるものです。先日会社でお会いしたときも思いましたけど、三木様もずいぶんと……」

清見が恭介に話しながら上着の肩回りのチェックをしていると、上げていた腕を下ろし何か言いたげにしている。

「どうかしましたか？　肩回りがきついなら言ってくださいね。もう少しゆとりをもたせましょうか？」

「あっ、いや、そうじゃなくて、その『三木様』っていうのはやめてもらえませんか？　俺は親父《おやじ》と違って、『様』とかつけてもらうような人間じゃないから」

「でも、うちのアトリエのお客様ですから。敬称をつけて呼ばせていただいていますし……」

恭介の父親は「社長」という肩書きがあるので、「三木社長」と呼ぶ。寺島のことも最初は「様」をつけていたものの、彼のほうから自分は客ではないからと「さん」づけで呼ぶように言われてからそうしている。ところが、恭介も寺島と同じことを言う。

「俺、客じゃないですよ」

いきなりちょっと拗《す》ねたような表情になったので、清見が困ったように曖昧な笑みを浮かべると恭介は慌てて顔の前で手を横に振る。

「あっ、あの、河原さんのスーツがいやだとか、そういう意味じゃないですよ。ただ、このスーツを仕立てる金も親父が出しているから、そういう意味で俺はまだこのアトリエの客じゃないっていう意味です」

そういうことかと納得した清見がたずねる。

「では、なんとお呼びすれば……」

確認する前に彼が身を乗り出すようにして言う。

「名前でいいです。『恭介』で。俺のほうが年下だと思うし……って、そういえば河原さんっておいくつなんですか？」

自分のほうが年下だということはわかっているようだが、清見の歳となると想像がつかないらしく首を傾げている。

「今年で三十三ですよ」

「嘘《うそ》っ。六つも年上？　まだ二十代かと思ってた……」

切れ長の目を思いっきり見開いているところを見ると、本当に驚いているらしい。実際の年齢より若く見えることは自覚しているが、そこまで驚かれると苦笑が漏れる。

「二十代の頃は、まだパリで修業中でした。ちょうど今の三木様……、いえ、恭介さんのように」

向こうがそう希望しているなら、わざわざ呼び方に固執することもない。だが、名前を呼ばれて恭介は満足したように笑うと、スーツの胴回りの確認をしている清見にさらにたずねる。

「パリにいたんですか？　向こうはどうでした？」

　彼を励ます意味も込めて少しばかり苦労話をすれば、恭介はパリでの修業時代にかぎらず、清見が日本で店を構えたときのことや、そもそもどうしてこの仕事を選んだのかなど、いろんな話を聞きたがった。

　すべて話せばあまりにも長くなってしまう。だからといって、適当な答え方をするのは失礼だ。なので、試着の作業を続けながら、この道に入った理由からパリの修業時代とアトリエを開くまでの経緯をかいつまんで語った。ただし、自分の母親がすでに他界していることや、パリで貧困と差別に苦しんだことなどは言わずにおいた。必要以上に苦労話を人に聞かせるのは趣味ではないし、きっと恭介は興味もないだろうと思ったからだ。

　スーツの試着をしながらも清見の話を黙って聞いていた恭介だが、やがては真剣な顔になって黙り込んでしまった。極力気軽に話したつもりだが、それでも重苦しい話に聞こえたのだろうか。だとしたら申し訳ない気分で、清見は試着を終えた彼の上着を脱がしてやりながら言う。

「どんな仕事でもそれなりの苦労はつきものですが、恭介さんは本当に大変だと思います。歴史のある大企業を継ぐわけですから、生半可な覚悟ではできませんものね。わたしのような一介の仕立て屋にはわからない苦労がたくさんあると思います」

「あっ、いや、それは……」

　恭介は試着の上着を脱いで自分のスーツを羽織り直してからもまだ難しい顔をしているので、

にっこりと笑って埃《ほこり》を払うような手つきで彼の肩をささっと撫でてやった。

「わたしなど運がよかったほうかもしれませんね。好きな道でこうして自分のアトリエを持つことができましたし、わたしが作るスーツを喜んでくださる方もいますから」

清見の客は多忙な人ばかりだが、とりわけ恭介は忙しいだろうから何度も試着で時間を取らせたくはなかった。特別な修整の依頼はなかったので、このまま仕上げに入ることができる。

帰り支度を整えた恭介にそのことを告げると、彼は応接室を出て行こうとしてふと足を止める。そして、見送りについてきていた清見のほうを振り返ると、唐突に強い口調で言う。

「あの、俺も河原さんの作るスーツはすごいと思います。親父や寺島さんがまずは身なりからと言っていた意味が、今日やっとわかった気がします」

「嬉しいですね。そう言っていただけると、とても励みになります」

「いや、俺、本当にそう思ったんですよ。本当にすごい人がいるんだなって……」

自分の言葉がお世辞に聞こえたと思ったのか、恭介の声にさらに力がこもる。が、一人で興奮していることに照れて声のトーンを落とし俯く。べつに軽く受け流したつもりはないのだが、恭介の様子を見て何か声をかけなければと思ったときだった。

「えっと、これ……」

「はい……？」

いきなりスーツの上着のポケットに入れていた何かが差し出されて、清見がそれを見た。受け取って見てみると、「ジョシュア・エバンズの世界・バンクーバーアイランドの野鳥たち」というタイトルがあり、カナダのカメラマンの写真展のチケットだとわかった。

「よかったら休みの日に行きませんか？　俺の好きなカメラマンの写真展で、日本では初めての個展なんです。いい写真がたくさんあるんですよ」

恭介は自分でも野鳥観察をして写真を撮り、それが雑誌に掲載されるほどの腕前だ。このカメラマンはきっと彼らの世界では有名な人なのだろう。

「でも、野鳥のことはよくわからないんですが……」

「大丈夫です。彼はもともと自然を専門に撮っている人なんで、野鳥に興味がなくても写真はおもしろいと思うんです」

それにしても、いきなりで思いがけない誘いだった。客の中には清見を食事に誘ってくれる人もいる。スーツに合わせるシャツや靴を買うのにつき合ってほしいと頼まれることもある。また、長くつき合いのある人の中には、出張先の珍しい土産などを買ってきてくれる人もいる。

互いのプライベートに踏み込みすぎない親しさならいい。だが、客の誰かと特別に親密な関係になるつもりはない。それは、パリで勤めているときも、東京でアトリエを構えるようになってからも心に決めていることだ。

だが、恭介のこの誘いはどう受けとめればいいのだろう。彼の父親とは何度か食事に出かけたことがある。でも、それは三木が仕事を終えたあと遅い時間にアトリエで試着をしたりしたとき、清見に無理を言った詫びとして食事に連れていってくれたのだ。

息子の恭介とはまだ数度しか会っていない。それなのに休日に一緒に出かけるというのは、自分のポリシーに反する行動にならないだろうか。

うぬぼれたことを言うつもりはないが、恭介が自分に対してなんらかの興味を抱いているのはわかる。少なくとも、それは好意に近い何かだろう。だが、彼の誘い方が初々しいせいか、下心というものはあまり感じない。

それよりも、彼は悩みを相談したいのではないだろうか。もちろん、清見でなくても相談をする親しい友人はいるかもしれないが、まだ知り合ったばかりだからこそ余計なことを考えずに打ち明けられることもあると思うのだ。

また、清見は恭介の父親と短くないつき合いがある。父親の立場を理解しているという点においても、恭介にとっては説明の手間の省ける都合のいい存在なのだろう。

「駄目ですか？　やっぱり、こういうの興味ないですか？　それとも、忙しい？　っていうか、俺が無理な仕立てのオーダーしているんですよね。すみません……」

誘っておきながら、自分で勝手に答えを出してしまおうとしている。清見は返事に迷って、じっとチケットを見つめたままポロッと訊いてしまう。

「恭介さんと二人でですよね？」

「あっ、一人で行ってもらってもいいんです。このチケットはもらっておいてください。本当にきれいな写真がいっぱいあるから、ちょっとでも気晴らしになればいいと思うし。それじゃ、俺はこれで……」

また勝手に決めて居たたまれないようにそそくさと帰っていこうとするから、清見のほうが焦ってしまった。

「待ってください。行きます。この写真展、見てみたいです」

なぜか咄嗟《とっさ》に恭介を引き止めるようにして言ってしまった。清見に二の腕を握られて、驚いたように振り返った恭介の声は少しばかり裏返っていた。

「え……っ? ほ、本当ですか?」

「恭介さん、一緒に行って写真のことを教えてもらえますか? そうすれば、素人でもきっと楽しめるでしょう?」

「説明します。なんでも聞いてください」

髪も切って整え、スーツ姿も少しは板についてきたけれど、こういう受け答えをしている姿は相変わらず少年のようだ。それから、恭介はちょっと照れたように握られている自分の二の腕に視線を落としたので、清見は慌ててその手を離した。

いつもの笑顔で会釈をしたが、このとき清見の心はいつになく弾んでいたのだ。恭介はそんな様子に気づくこともなく今度の休みに迎えにくると言った。アトリエの外まで一緒に出ると、今日は自分の車を運転してきたという。

「では、お気をつけて。三木社長と寺島さんにもよろしくお伝えください」

会社に戻る前に父親の入院している病院に寄るというのでそう伝言して、一人でアトリエに戻った。試着の終わったスーツを二階に持って上がりハンガーに吊るしてから、さっき渡されたチケットをもう一度手にして見てみる。

パリにいる頃は休みの日にはきまって美術館や博物館に出かけていた。美しい美術品を見れば、服飾に通じる感覚も多く楽しかった。けれど、日本に戻ってきてからはそういう時間も持てないまま働いてきた。きっと恭介に誘われなければ、こんな機会もないままだっただろう。

そう思いながらふと考える。誘ってくれたのが恭介でなければどうだっただろうか。忙しい合間の貴重な休日に、特に興味のない野鳥の写真を見に出かける気になっただろうか。

そうやって考えると自分は写真を見るのが楽しみなのか、恭介と出かけるのが楽しみなのかわからなくなってきた。そもそも、どうして自分はこんなふうに彼のことを気にかけているのだろう。

アトリエの顧客には俳優やデザイン業界で活躍する人など、個性的で清見に刺激を与えてくれるような人物も多い。

そんな中で恭介は取り立てて個性的というわけでもない。もちろん、三木汽船の社長の息子ということでは普通の青年とは違う。魅力的な容貌であることも間違いない。それでも、清見が彼のことを気にかけるのは、そういう理由ではないのだ。

世間知らずの二十七歳が危なっかしくて放っておけないというだけの理由でもない。そもそも、それを案じて面倒を見るのは清見ではなくて寺島の役割だ。それでも、なぜか彼は存在そのものが清見の気持ちを引き寄せる。

(どうしてなんだろう……?)

わからないけれどチケットをスケジュール帳に大切に挟み込んだ清見は、もう今から写真展に出かける日を楽しみに思っているのだった。

◆◆

約束の日曜日、清見が待ち合わせの場所に行くとそこにはすでに恭介が待っていた。

今日は休日で、清見はカジュアルなマイタカラーのシャツに薄いグレイの麻のジャケットを羽織り、コットンパンツを合わせている。恭介もジーンズとジャケットのラフなスタイルだった。その彼がなぜか空を見上げながらじっとしている。

「おはようございます」

清見が声をかけると、恭介は挨拶よりも先にすぐ横の街路樹の高い枝を指差した。なんだろうと思ってそちらを見ると、黒と白の小さな鳥がとまっている。

「あれは?」

「ハクセキレイですよ」

「セキレイですか。聞いたことがあります。でも、街中でも見られるとは思わなかった」

「渓流に住む鳥だけど、このあたりは川があるからけっこう集まってくるんです。セキレイには他にもセグロセキレイやキセキレイなどもいます。でも、あまり仲はよくなくて、縄張りを守って棲《す》み分けてますね。ほら、ああやって尾羽をいつも振っているんですよ。見えますか?」

　待ち合わせをした駅のそばには東京湾へ流れ込む都内では大きめの川がある。川岸には桜の木も多く、春には特に人々で賑《にぎ》わう場所だ。恭介の説明を聞きながら清見もその可愛らしい姿を眺めていると、小さな鳴き声を上げて飛び立っていった。

「飛ぶときに鳴くのも特徴です。チチッって感じ」

　そう言ってから、恭介は唇を少し尖《とが》らせて飛び立ったばかりのセキレイと同じ声色を作る。それを聞いていた清見がポカンとした表情になっているのに気づき、途端に気まずそうに視線を泳がせてしまう。

「すみません。野鳥には興味なかったですよね……」

「いえ、そうじゃなくて、可愛いなと思って。あっ、さっきの小鳥がですよ。それと、恭介さんの鳴き真似《まね》もとても上手で驚いたんです」

清見が本当に感心したように言うと、今度は照れたように赤くなる。こうも素直に反応されると、清見のほうが戸惑ってしまうくらいだった。

それにしても、野鳥の話をしているときの恭介はとても楽しそうだ。会社のロビーで見かけたときとはまるで違う。人は好きなことばかりをして生きてはいけないが、これまで自由に生きてきた彼にとって三木汽船を継ぐということはやはり厳しい現実なのだろう。

休日に好きな写真家の個展を見にいって、少しは気晴らしになればいいと思う。ただ、野鳥や写真のことをよく知らない清見が一緒で本当にいいのだろうか。もっと話の合う仲間と出かけたほうが楽しいような気もするが、恭介に案内されるままに会場に着いた。

その日は個展の初日でなかなか賑わっていて、入り口では白人の髭《ひげ》をはやした長身の男性が笑顔で客を出迎えていた。どこかで見た顔だと思ったら、それは恭介から渡されたチケットに載っていた写真の男性だ。どうやらジョシュア・エバンズ本人が来日しているらしい。

そのとき、恭介がエバンズの姿を見つけて手を上げている。エバンズもまた恭介に気づいて、笑顔で駆け寄ってきた。二人は顔見知りだったようで、英語で挨拶を交わししっかりと握手をして肩を叩き合っている。

ひとりしきり夢中で話している二人の会話をそばで聞いていると、顔見知りどころではなくずいぶんと親しいようだ。ただ、フランス語は堪能《たんのう》な清見も英語はそれほど得意ではないので、彼らが早口で野鳥や写真のことを話している内容はすべて聞き取れたわけではなかった。

「河原さん、紹介します。彼がジョシュア・エバンズ氏です。俺の野鳥観察の仲間でカメラの先生のような人です。カナダに行くといつも彼に世話になっているんです」

恭介はエバンズにも清見を友人だと紹介してくれた。エバンズと握手をして挨拶を交わすと、彼は清見のことをまるで何かのようだと表現した。だが、その英語の単語を清見は知らなかったので恭介にたずねると、嬉しそうに笑って教えてくれた。

「オスの Red-flanked Bluetail みたいだって言っています。ルリビタキのことです。日本ではちょくちょく見られるけど、北米ではかなり珍しい野鳥になるんです。でも、きれいな青い羽をしていてファンは多い鳥なんです」

まさか自分が野鳥に喩《たと》えられるとは思わなかった。でも、彼らにすれば褒め言葉らしいことはわかるので悪い気はしなかった。

それから、エバンズ本人に案内してもらい写真展を見て回った。かなり広めのギャラリーは四つの部屋に分かれていて、それぞれテーマ別に写真が飾られている。

まずは北米の雄大な大自然と野生動物の写真があり、次に川辺の野鳥たちの写真の部屋が続いていた。さらには森の奥深く住む猛禽類《もうきんるい》の写真から最後は市街地や公園にいる身近な野鳥の写真の部屋となっていた。

エバンズと恭介は写真を見ながら専門的な話をしているようだが、清見はそんな彼らの横で一枚一枚の写真を興味深く眺めていた。正直、想像していたよりもずっとおもしろい。そして、見ていて楽しい。

考えてみれば、自分の生活は幼少の頃から自然というものから遠かったし、興味を持つ機会もなかった。都会暮らしだったこともあるが、それよりも自分の興味が常に人工的なものに向かっていたのだ。けれど、こうして野鳥の写真を見ていると、一羽一羽がそれぞれの色の羽という衣装をまとっているようにも見えてくる。

羽ばたくための左右の羽と尾羽があって一見して同じようなスタイルなのに、その形や大きさや色合いが違う。ある意味スーツと似ているのかもしれない。一つの画一されたスタイルがあって、その中でも数多《あまた》のデザインと組み合わせがあるということだ。

すっかり夢中になっていると、そのうち恭介が清見のところへ戻ってきて声をかける。

「説明するって約束だったのに、一人にしてしまってすみません」

「大丈夫ですよ。楽しんでいますから。それより、エバンズさんとは充分お話できたんですか？　このあとのご予定があるようなら遠慮なく言ってくださいね」

「このあとは出版社との打ち合わせを兼ねた会食があるそうです。俺は明日の夜一緒に食事をする予定ですから、今日はこのまま帰ります」

そう言うと、エバンズに声をかけてから清見とともにギャラリーを出た。そこで、恭介はもう一度申し訳なさそうに謝る。

「退屈だったんじゃないですか？　本当にすみません」

「こう言うと語弊があるかもしれませんが、実は予想していた以上におもしろかったです。自分が今までまったく気にしていなかったところに、こういう世界があったんだと当たり前のことに驚いてしまいました」

それは社交辞令でもなんでもない。本当に心からそう思ったのだ。すると、恭介も安堵したように笑みを漏らす。そして、清見の時間が許すならランチを一緒にどうかと誘ってくれる。目的は写真展だったとはいえ、このまま帰るのはあまりにも素っ気ない。

それにさっきの写真展の会場で恭介の新たな一面を見た清見は、もう少し彼のことを知りたいと思っていた。誘われるままに連れられていったのは、関西の老舗《しにせ》料亭がのれん分けをして東京に出したという店だが、恭介は庭に面した席に案内されるなりちょっと恥ずかしそうに言う。

「実は、寺島さんに教えてもらったんです。ギャラリーの近くで落ち着いた雰囲気の店はないかって……」

さすがに寺島はこういうことには気がきく。ここなら落ち着いて食事も話もできるし、料理も間違いなくおいしい。そして、昼食なら驚くような値段にはならない。若い恭介が利用するにしても、気張りすぎていなくてちょうどいい選択だ。

昼のコースを注文するとすぐに食前酒の梅酒が運ばれてきて、その小さな切子のグラスを傾けながら清見が訊いた。

「カナダへはよく行かれていたんですか？」

「最初は高校のときに一年留学して、帰国してからも鳥を見にいったり写真を撮りにいったりしてました」

そのときに、野鳥観察の仲間としてエバンズと知り合ったという。柏木が恭介に野鳥観察を最初に教え、エバンズが恭介にカメラを教えたということらしい。

「恭介さんの写真も雑誌に掲載されていましたよね。柏木様のところで見せていただきましたよ」

「柏木さんのところで？」

清見が柏木のところへ採寸にいった日のことを話すと、恭介はちょっと懐かしそうな顔になった。

「子どもの頃はよくキャンプや野鳥観察に連れていってもらったんだけど、高校生になる頃からはすっかりご無沙汰しているんです。柏木さんは忙しい人だし、俺も留学したりで……」

「近頃は会長職になられて、以前ほどパリへ出かけることもないようですね」

清見が柏木の近況を告げると、近いうちに会いにいってみようと言う。

「喜ばれると思いますよ。恭介さんが三木汽船を継がれると知って、期待されていましたから」

「心配されることはあっても、期待はないと思いますよ。彼はもしかしたら親父より俺のことを知っているからな。子どもの頃はチビで泣き虫だったって言ってませんでしたか?」

苦笑交じりに恭介が言う。確かに、小さいときは虚弱で内気だったと言っていた。だが、清見は柏木が恭介について言った他の言葉も覚えている。ずっと気になっていた、恭介の持つ「おもしろい感性」というものの片鱗《へんりん》が今日は少し見えたような気がしていた。

「でも、よく頑張っているじゃないですか。三木社長が現場復帰される頃には、恭介さんも充分頼りになる跡継ぎになっていると思いますよ」

そこまではどうかわからないが、少なくともその可能性は柏木同様に清見も感じないではない。だが、恭介は途端に表情を曇らせて、小さな溜息を漏らしていた。

食事が順番に運ばれてきて一度はその会話が途切れた。食事の間はまた恭介から野鳥や写真の話を聞いて、カナダでの暮らしだけでなく、ヨーロッパやアジアの国々を回ったときの経験も楽しく聞いた。

この頃には気ままな世間知らずのお坊ちゃんという印象は完全に払拭《ふっしょく》されていて、彼は彼の世界でそれなりにやるべきことをやってきた人間なのだとわかってきた。

恭介は誰にでも心を大きく開く人間ではないかもしれないが、柏木やカメラマンのエバンズとの交流を聞くかぎり、築き上げた繋がりは大切にするように思われた。器用ではないが、誠実であるということだろう。

そして、誰もがそうだと思うが、恭介もまた本当に好きなことを話しているときは生き生きとして、目が輝いている。思い返せば清見もそうだった。今は仕事だから苦労や悩みもあるが、学生の頃は服飾関係の雑誌を何度も繰り返し眺めては、いつかはこういうスーツを自分の手で作りたいと胸を躍らせていたものだ。

やがて食事を終えて、デザートとお茶はオープンテラスの席に用意してくれるというので、二人でそちらに移動する。そこで清見はあらためて恭介の気持ちを確かめるように訊いてみた。

「さしでがましい質問ならごめんなさい。でも、もしかしたら恭介さんは会社を継ぐことにまだ迷いがあるんじゃないですか？」

デリケートな問題であることはわかっているし、あまり立ち入ったことを訊いて恭介の気分を害するつもりはなかった。けれど恭介を見ていると、どうしてもそのことを確かめずにはいられなかったのだ。

すると、恭介はまるで自分の胸の内を見透かされたような気まずさとともに、開き直りとも見える態度で一つ肩を竦《すく》めてみせる。

「迷ってはいないけど、自信がないというのが本音です」

それならよくわかる。先日、三木汽船の本社に立ち寄ってしみじみ思った。この会社を率いていくということは、この建物の中にいるすべての人とその家族の生活を背負っているも同然なのだ。歴史ある建物の重みはそのまま責任となってトップにのしかかる。

よしんば若い頃から帝王学を叩き込まれてきたとしても、その重責に迷いや不安を感じて当然だ。まして二十七になるまでその決意がなかったとしたら、恭介のそれはもはや怯《おび》えに近いものではないかと思うのだ。

「跡継ぎの話は決まっていたことではないんですか?」

「親父は何も言いませんでしたよ。多分、諦めていたと思う。もともと合理的に物事を考える人だから、世襲して会社が衰退するより、優秀な人材がトップに立つほうが三木汽船のためになるだろうと考えていたようです」

でも、彼自身まさかこの若さで体を壊し、入院を余儀なくされるとは思っていなかった。それは、これまでの考えを大きく変化させるのに充分な理由だったのだろう。

「こんな内情は河原さんに話すことではないかもしれないですね」

「大丈夫ですよ。わたし自身とアトリエの信頼にかかわることですから、けっして口外はしません」

清見が笑顔で言うと、そうではないと恭介が首を振る。

「河原さんのことを信用していないんじゃないですよ。自分のみっともないところを見せてしまうのはどうかという意味です」

それを聞いて、今度は清見のほうが小さく首を横に振る。

「では、まだつき合いは短いですが、今日は休日ですし、友人としてうかがうのはどうですか?」

清見のその言葉は恭介の気持ちをいくらかでも解《ほぐ》したらしい。彼は苦笑と溜息が入り交じった吐息を漏らしてから話を続けた。

「病に倒れると、どんな強い人でもやっぱり挫けそうになるみたいです。それが思いがけないタイミングだったらなおさらですよね。親父は常日頃から夢中になれることがあるなら、その道で生きていけばいい。その道で一人前になれと言っていました。俺もその気持ちに甘えていた部分はあったと思います」

世の中のすべての人がわがままを許されて生きているわけではない。たまたま裕福な家庭に生まれ育ったためその自由があったからといって、恭介が必ずしもそれに甘えて生きてきたとは思わない。努力もしただろうし、学びもしただろう。しかし、運命は思いがけない方向へ転がるときもある。

三木汽船は一時期を除いて世襲で続いてきた分、社長の三木の権限は大きい。それだけの判断力や決断力を若い頃から培《つちか》ってきた三木だからこそ、大企業を率いてくることができたのだろう。

だが、そんな強い指導力を持ったトップが不在となると、まさに船頭を失った船のようにどこへさまよっていくかわからなくなってしまう。次のトップについてまだ社内でも明確な方向性が出ていない段階で、この状況が続けば内部での派閥争いを引き起こすことにもなる。そこで、にわかに恭介の存在がクローズアップされたということらしい。

実質的には実力のある幹部たちが企業運営していくにしても、飾りでも三木の名前のついたトップがいれば、社外へは格好がつくし、社内の統率も取れる。その意見を強く推したのは他でもない、寺島だったそうだ。

「親父が病院のベッドで言ったんです。寺島さんの意向もわかるし、企業にとっては正論かもしれないと。それに、親父もまた病で倒れて初めて弱気になったみたいです。自分の息子が跡を継いでくれるなら、それくらい嬉しいことはないって言われました」

ただし、三木も親馬鹿だけでそれを恭介に打診したわけではなかった。企業というものは、社会に貢献する存在であると同時に、常に従業員の生活を守っていかなければならない。トップはそれだけの責任を負う立場にある。

「息子を自分の穴埋めの『飾り』として利用するつもりはないし、また俺が責任を持って職務を全うする自信がないならやらせるわけにはいかない。親父にしてみれば、会社と息子のどちらも犠牲になるようなことがあってはならないと……」

三木浩介という人間は、病に倒れてもなおとても冷静だ。感情に流されることなく、最善の道を諦めず模索しようとする姿勢を見て、清見に言える言葉は何もない。今はただ黙って恭介の気持ちを聞くだけだ。

「はっきり言って、海運会社の経営は厳しい時代です。祖父や父親が若かった頃とは違う。そんなときによりにもよって一族ではボンクラの三代目が継ぐなんて話は、世間から見ればまさに船が沈む前兆のようなものだ。船底の賢いネズミならさっさと逃げ出しますよ」

恭介はいささか冗談っぽく言ってはいるが、その姿がむしろ痛々しかった。と同時に、彼がその苦悩をはっきりと口にしたことで、ようやくその心の奥にあるものが見えてきた気がした。

「でも、継ぐと決めたんですよね？　それは、恭介さん自身の意志なんですよね？」

恭介は自嘲気味な笑みとともに小さく首を横に振る。それを見て清見の心に不安が込み上げる。自分の意思ではなく背負うには、あまりにも重すぎる立場と責任だ。だが、運ばれてきたお茶を一口飲んでから言った彼の言葉は意外なものだった。

「初めて河原さんのアトリエに連れられて行ったとき、俺はまだ迷ってましたよ。本当に継いだほうがいいのか、それともやめておいたほうがいいのか自分でもわからなかった。自信がないなら最初から首を突っ込まないほうがいい。そう思いながらも、逃げている自分もいやだった。そういう中途半端な気持ちでいたんです。あるいは、逃げ出すならここが最後のポイントかなって気分だった」

その言葉を聞いて、清見はあの日の恭介の口ぶりや態度を思い返し納得がいった。医者に連れられてきた子どものような落ち着かない態度や、「りっぱなスーツなんか必要ない」と言ったあの言葉の裏には、それを作って身に着けたら最後、もう引き返すことはできないという気持ちがあったのだろう。

たかがスーツ一着のことかもしれない。けれど、恭介の中ではそれが自分で引いた人生の境界線だったのだ。そして、彼は逃げ出さなかった。

何が彼を引き止めたのだろう。父親を安心させるためだろうか。自分の将来のためだろうか。あるいは、柏木や寺島の期待に応えたいという思いも少なからずあったかもしれない。

「初めて会ったとき、河原さんは自分のことを『カッター』って名乗りましたよね。その言葉を言ったときのあなたの目を見て、正直言うと俺はちょっと臆したんです」

「臆した？　どうしてですか？」

奇妙なことを言うと思った。「カッター」などという肩書きは普通の人なら首を傾げるだけだし、その説明を聞いたからといって「仕立て屋」だと認識するくらいだろう。臆する理由など思いつかなかった。

「自分に自信のある人の前に出たら、自信のない人間は臆しますよ。揺らぎのない人の前で、迷っている人間は不安にもなるし、惨めにもなるんだと思います」

「そんな……」

すっかり話に夢中になっていたため、季節のフルーツで彩られたパイのデザートもそのままで、カップのお茶は冷めてしまっていた。

「河原さんに会って、俺は逃げ出せなくなった。逃げたらもっと自分が不安になるし惨めになると思ったんです。それに、逃げたらもう河原さんに会えなくなる。会社も継がないで、スーツを作りになんて行けないでしょう」

「ちょっと待ってください。どなたにでも依頼があればスーツは作りますが……」

清見はさすがに困って言葉を挟む。彼を跡継ぎという重責に縛りつけた責任が自分にもあるのかと思うと、少しばかり複雑な気持ちになる。思わず真剣な表情になって恭介を見つめていると、彼はその場の空気を和らげるように笑みを浮かべた。

「もちろん、スーツが必要なくなるという意味だけじゃなくて、みっともない男としてあなたの前には立てなくなるという意味です」

「恭介さん……」

清見の前になど立たなくても、彼は彼なりに生きていくことはできる。清見という存在にこだわる理由はないと思うのだ。だが、恭介はきっぱりと言う。

「もちろん息子に期待していない親父を見返してやりたいとか、いつまでも世間に道楽息子だと思われているのが悔しいという気持ちもあったのは嘘じゃないです。でも、河原さんに会って、とにかくやろうと思ったんです。今はそれだけです」

「わたしは、自分の人生を必死で生きてきただけの人間ですよ。恭介さんにそんなふうに言ってもらえるような……」

大層な人間ではないと言いたかったけれど、恭介はここにきて何か吹っ切れたように肩の力が抜けた様子で頷くと、さらに自分の気持ちを言葉にする。

「俺、案外単純なんで、聞いていて呆れたんじゃないですか。でも、子どもの頃にあれこれ考えすぎて、ちょっとわけがわからなくなったときがあるんです。十歳くらいのときから数年ほどかな」

その言葉を聞いてハッと思い出した。

「もしかして、お母様を亡くされた頃のことですか？」

「それも柏木さんに聞きました？」

「いえ、詳しくは……」

もともと内気だった性格なのに、さらに引きこもるようになったと話していたが、実際はそういうレベルの話ではなかったのかもしれない。だが、恭介が言いたがらないことは清見もあえて聞くまいと思った。

「柏木さんに外に連れていってもらって、自然や鳥を見ているうちに少しずつ頭の中の整理がついたっていうのかな。これを言ってしまうと身も蓋《ふた》もないんですが、鳥を追いかけていると、経験も大事だけど結局はカンなんです。鳥の習性を知っていたほうがいいし観察のポイントは決まってくるけれど、思いがけないところで見たり写真を撮れたりするのはたいていカンで動いたときです。人はカンで案外やっていけるもんだって単純に考えられるようになって、ずいぶん楽になった」

そうやって自然から学び、彼は自分と外の世界との接点を取り戻したという。

「河原さんは俺の顔を見るたび心配そうな顔をするでしょう」

「い、いいえ、そんなことは……」

ないと言えなかった。自分ではそんなつもりはなくても、六つも年下の若者が重責に苦悩する様を見れば自然と案じる面持ちになっていたのかもしれない。だが、それを認めるのは恭介に対して失礼な気もして柔らかい言葉で否定したが、彼は反対にそれが嬉しいと言う。

「心配してくれる人はいますよ。親父だって寺島さんだって、それに柏木さんや社内でも味方になってくれる人はいる。ジョシュアのような友人もいるし、心の支えにはなっています。でも、河原さんはちょっと違うんです」

「違うというと？」

自分ではわからないが、恭介には何か感じることがあるのだろうか。

「うまく言えないけれど、甘やかさないのにすごく温かい気がする。俺は母親を亡くしているのでよくわからないんですが、きっと母が生きていたらそういう顔をして俺を見るのかなって思ったんです」

その言葉を聞いたときはちょっと驚いて、同時に口元が自然と緩んでしまった。そのとき、清見もまたようやく納得できた。恭介に初めて会ってからというもの、彼に会うたび自分の心の中に込み上げてきた気持ちがなんだったのかわかったような気がしたのだ。

ゲイではあるが男の自分にそれがあるとすれば奇妙なことだが、この感情は「母性本能」に近いものだったのかもしれない。不安そうにしている恭介を見るたび、丸くなっている背中をさすり大丈夫だからと言ってやりたくなった。清見を見て安堵する笑顔にホッとしていたのは自分のほうだった。

「正直、毎日きついし厳しいし、今でも気が緩むと逃げ出したくなります。もともと強い人間じゃないことはわかっているから。でも、それをしたらあなたに会えなくなる。だから、とりあえず今のところはやるしかないと思っています」

その日、恭介とは夕刻まで川辺を散歩して、都会でも見ることのできる野鳥をいくつか教えてもらった。スズメ以外にも東京都内でこんなに野鳥がいるとは知らず驚いたが、車でちょっと山のほうへ向かえばもっとたくさん見られると言っていた。

帰りに駅で別れるときは、恭介がなぜか握手を求めてきた。理由はわからなかったが、清見がそれに応えると、彼は少し照れたように言う。

「今日はありがとうございました。また明日から頑張れそうです」

「こちらこそ、とても楽しかったです。ありがとうございました。わたしもできるだけ早くスーツを仕立てますから」

恭介と別れてから清見はその足でアトリエに向かった。なんとなく、このまま自宅へ戻る気にはなれなかった。仕事をして、いつもの自分に戻らなければ心が落ち着かない。

それは、別れ際に握手をしていた手を引いて、恭介が清見の体を抱き締めたから。そして、耳元で囁《ささや》かれた言葉が何度も脳裏に響いている。

『俺はあなたが好きなのかもしれない……』

本人も戸惑っているような言葉に、清見の胸が締めつけられるように痛くなり、同時に歯がゆいようなくすぐったさを感じたのだ。やっぱり、彼には下心なんかなかった。あるのは純粋に清見を想《おも》う気持ちだけ。

六つも年下の青年の真っ直ぐな気持ちをどう受けとめたらいいのかわからない。それでも、清見の心は確かに揺れていた。それは長らく忘れていた恋の予感だった。

◆◆

あれからというもの、恭介からはたびたびメールが入る。もちろん、仕立ての進行具合の確認もあるが、それはあくまでも挨拶代わりのようなものだ。近況報告のときもあれば、最近自分が撮った野鳥の写真を添付して送ってくることもある。

『ホオジロです。都内の河川敷にいました。さえずる声が可愛い鳥です』

清見は鳥のことがわからないので、いつも簡単な説明を書き加えてくれている。

忙しい日々の中でも、休日には気晴らしに近くの山へ野鳥観察に出かけているらしい。以前のように思い立ったら海外へ飛んでいくというような真似はもうできないが、それでも季節ごとに野鳥の姿を追うのは、恭介にとってこれ以上ない心の癒《いや》しになっているのだろう。

そんなメールに清見もまた短いメールを返す。仕事のことを話しても仕方がない。けれど、清見の日常は仕事で埋め尽くされている。そんな中で送り返すのは、自分の作るスーツに合わせてほしい靴やネクタイのデザインなどの写真。もちろん、恭介のように短いコメントもつけておく。

『今年の初めにイタリアのメーカーの麻で仕立てたジャケットです。イギリスものに比べて軽く柔らかいのが特徴です。足元も軽やかに揃えるなら、イタリア地方発のファクトリーの靴もお勧めです』

噛み合わない二人のメールのやりとりなのに、なぜか毎日それを見るのが楽しい。恭介もまた清見からのメールを見て楽しんでくれているのか、忙しい二人の間でメールが途切れることはなかった。

そんなある日、恭介からいつものようにメールが届いた。ちょうどアトリエに着いたところで、スケジュール帳を確認していた清見はその手を止めてメールを開いた。

その日の恭介のメールはいつものたわいない近況報告だけでなく、野鳥観察の誘いだった。今週の週末は月曜が祝日の三連休になるので、久しぶりに車を出していつもの山へ行くらしい。そこで、もしよければ清見も一緒に行かないかという内容だった。

先日写真展を見にいったとき、今度は山へ行かないかと誘われていた。ただ、お互いに忙しい身なので、半ば社交辞令だろうと思っていた。だが、恭介は約束を忘れていたわけではなく、社交辞令のままに終わらせるつもりはなかったようだ。

あれから三木は退院して自宅療養をしているという。恭介も忙しい毎日の中で一安心しているのだと思う。久しぶりに山へ行くというのも、父親が落ち着いた状態にあるからだろう。疲れてはいても、彼にとって自然の中へ行くことは体も気持ちもリフレッシュするための手近な手段だ。そして、清見はといえばもう一度恭介と会いたかった。

メールでのやりとりだけでなく、忙しい合間に出張の土産を手渡しにきてくれたりして二人の距離は少しずつだが確実に近づいているように感じる。顧客と特別な関係になることは自分の信念に反するけれど、恭介との関係は未だ曖昧だった。言葉にするなら顧客からプライベートの知人となり、友人になったばかりだろう。

そう思いながらも、ふと思い出すのは数週間前の別れ際の恭介の言葉。

『俺はあなたが好きなのかもしれない……』

戸惑いが感じられたけれど、それだけに偽りのない彼の感情なのだとわかった。けれど、清見にも戸惑いはある。なぜなら、彼の口にした「好き」の意味がわからないから。

(友人としてなのか、それとも……)

清見は自分がゲイであることを自覚しているし、それを隠してはいない。自ら公言するつもりはないが、訊かれたなら嘘を言う気はない。それで終わるような人間関係なら仕方がないし、それでスーツを作らないという顧客ならそれも仕方がないと思っている。人にはそれぞれ主義主張があるのだから、他人の性的指向について偏見を持つなというほうが無理だ。

けれど、恭介はどうなのだろう。そもそも彼が二十七の歳になるまでどういう恋愛をしてきたのかもわからない。だから、あの日の「好き」という言葉の意味をずっと考えている。

恭介の清見に対する思いは、子どもの頃に亡くした母親への思慕に似たものかもしれない。あるいは、身近な人には言えない悩みが言える少し距離感のある友人として、一緒にいて心地がいいという意味かもしれない。

恭介の気持ちがわからないのと同時に、清見は自分自身の気持ちもまたわからずいるのだ。恭介に対しては母性のような庇護《ひご》の気持ちがある。けれど、それだけではない何かがあることにも気づいている。誰かを好きなる気持ちを長らく忘れていたから、三十三にもなってすっかり戸惑っている。自分の不器用さに笑ってしまうくらいだ。

自分は一生を仕事に捧げて生きていくと思っていたし、一抹《いちまつ》の寂しさはあっても諦めや納得ができないことではなかった。世の中には多くのものをその手につかんで生きていける者もいれば、たった一つのものを大切に守って生きていく者もいる。自分が後者であることは明確で、それについてこれまで嘆き悲しむことはなかった。

けれど、恭介の存在が清見の人生を小さく揺さぶった。子どもの頃は内気で引きこもりがちだったという彼を、広い自然の世界に連れ出したのは柏木だったという。そして、今は恭介が清見の手を引いて知らない世界に連れていこうとしている。

初めて恭介に会ったとき、巣立つ雛《ひな》を励ます気持ちで最高のスーツを仕立ててあげようと思った。けれど、こうして考えると、清見自身も巣立つことを忘れていたような気がするのだ。

そして、恭介が臆したように、今は清見が臆している。彼の手を取って一緒にここから出て行っても平気だろうか。傷ついてこの心が引き裂かれるような思いを味わうことはないだろうか。

不安と期待が入り交じる気持ちで仕事をしていると、接客のときに自分でも気づかないほどの微かな変化があったようだ。

スケジュール帳に書き込まれていた予定どおり、得意客の一人を訪問して採寸をしていたときだった。

「どうしたんだい？　何か楽しいことでもあったのかな？」

香港の財閥である「黄江実業《おうえじつぎょう》グループ」の代表、李文雄《リウェンシィオン》にいきなりそんな言葉をかけられて清見は自分でも驚きながらなんでもないふうを装った。

「李様からまたこうして新しい注文をいただけるのが嬉しいだけです」

「もちろん、わたしは君のカッターとしての腕を高く評価しているからね」

そう言いながらも、彼の優しげな視線はしっかりと清見のわずかな変化を読み取ろうとしていた。

李は香港在住だがビジネスの関係上、月の半分は東京のホテルで生活している。日本の大学を出ている彼は流暢《りゅうちょう》な日本語を話すが、清見と知り合ったのは柏木と同じくパリのアトリエに勤めているときだった。

長いつき合いになると採寸のときの会話も比較的打ち解けたものになるが、客に清見の表情を読まれるようなことは滅多《めった》にない。仕事に向き合っているときの自分は常に真剣だからだ。ただし、李という男は特別なのだ。

今年で五十という若さでありながら、アジアで五本の指に入る財閥を率いている男だ。多くの事業を展開している中で、すべての采配《さいはい》を己自身で行っている。父親の興した会社を一気にコングロマリットまで成長させた手腕ばかりか、その豪胆でときに冷酷な精神は人々を畏怖させる。いわゆる一種の天才であり、財界の怪物のような存在でもある。

育ちのよさと英国のパブリックスクール仕込みのスマートさが全身から独特の品となって漂い、穏やかな印象の美貌を際立たせている。彼の好みでスーツは細身に仕立てているが、長身の体は充分に鍛えられていて、今でも時間の許すかぎり早朝のジョギングとジムでのトレーニングをかかさないという。

だが、そんな優しげでスマートな見た目どおりの人間ではないことも知っている。彼の洞察力の前では、清見など簡単に丸裸にされてしまうのだ。

「李様には隠しても無駄でしょうね。東京でアトリエを開店してもうすぐ三年目になります。

パリでの受注会も成功し、夢の叶《かな》った自分は幸せ者だと噛み締めている今日この頃なんです」

嘘ではない。忙しい夏を過ごしてはいるが、精神的には今までにないほど充実した日々を送っている。鋏や針を握り続け、ミシンに何時間も向かっていながら、疲れさえも忘れてしまえる自分がいた。

ところが、李の前に立って襟の幅を計っていると、彼の手が清見の顎に触れた。長身の彼を見上げるように顔を持ち上げられて、じっと視線を合わせてくる。そればかりか、まるで口づけをするかのように唇を近づけてくるので、清見のほうが負けを認めて苦笑を漏らす。

「本当は、プライベートで少しばかり楽しいことがありました」

白状したからといって、それで許してくれる人ではない。彼との会話はなかなかに難しいものがあるのだ。

「プライベートで楽しいことねぇ。それは恋愛がらみかな？」

「いえいえ、そういう話ではないです。ちょっと新しい趣味を見つけまして……」

李はいよいよ興味深そうに清見のメジャーを持つ手をつかんでくる。

「手を離していただかないと採寸ができません」

清見が笑顔で言うと、李もまた整った顔を綻ばせて迫ってくる。

「どんな趣味か教えるまでこの手は離さないと言ったら？」

「また、そういうことをおっしゃって、仕立て屋風情を困らせるのは新しい遊びなんですか？」

ちょっと憎まれ口をきくのも、李という人間を充分にわかっているからだ。

彼はウィットにとんだやりとりを好む人間でもある。レスポンスの悪い人間は、もれなく彼の周囲から排除されていく。かといって、饒舌《じょうぜつ》であればいいというわけでもない。寡黙《かもく》であっても、自分の好奇心を刺激する何かを持つ人間への反応は鋭い。

それは一介の仕立て屋であっても同じで、李という男はすべての道で一流を好み、同時に常に新しいこと、珍しいことへのアンテナを張り巡らせている人間なのだ。

「遊びじゃないさ。わたしはいつだって本気だよ。パリにいた頃からずっとね」

そう言った李の目が一瞬だけ淫靡《いんび》な光を帯びた。その場の空気を変えようとして、清見は李の胸元へと自分の体をピタリと寄せる。

「李様の本気に勝てる相手はいませんよ。わたしなど、ライオンの檻《おり》に迷い込んだ野うさぎのようなものですから」

上目遣いにそう言うと、李はようやく苦笑を漏らして清見の手を離してくれる。文字通り野生動物に噛まれたときと同じだ。逃げようと身を引けば骨まで噛み砕かれてしまう。そういうときは、どんなに怖くても喉の奥までこの身を押し込むことだ。そうすれば、どんな獰猛《どうもう》な動物も喉を詰まらせて吐き出してくれる。

「すっかり手強《てごわ》くなってしまったなぁ。こんなことなら、パリにいたときに強引に手に入れておけばよかった」

などと軽口っぽく言うが、李の場合は半ば本気で言っているから油断がならない。

五十の歳になるまで二度結婚して二度とも離婚しているが、そのどちらもが政略結婚であり愛はなかったと公言している彼は清見と同じ同性愛者だ。女も抱けるが愛は持てないらしい。そして、男の愛人なら数え切れないほどいる。

そんな享楽の相手に清見を加えたかったのかもしれないが、客とだけはけっして特別な関係にならないと決めていた。どんなに魅力的な男であっても、一線を越えてしまったら仕事に私情が入ってしまう。そこだけはきっちりと切り離しておかなければ、自分自身が駄目になる。

まして李のような男は危険すぎる。抱かれて一夜の快楽を味わったあとに待っているのは、溺れて身も心もボロボロになってしまうか、彼に捕らわれないために大切な顧客を失う覚悟で逃げ出すか、いずれにしても何一ついい結果を生まないことは目に見えているのだ。

「さて、氷の心を持ったカッターが、思わず仕事中に頬を緩めてしまうほどの楽しいことというのはなんだろう」

「ずいぶんな言われようですね。これでも血の通った人間のつもりなんですが」

「そう思っているのは君だけだ。それだけの美貌でいて、スーツ作り以外には心が動かない。恋愛に臆病なのは過去に苦い経験があるからか、あるいは氷の心を持っているかどちらかだろう。わたしが思うに後者のような気もするが、慣れていないわけでもなさそうだしね」

採寸や試着以外では、何度か食事をしたことはある。だが、プライベートな話は極力しないようにしていたし、李もまたそんなことを探ろうとするような野暮《やぼ》な男ではない。それでも、彼の洞察力はあなどれない。

新しい趣味についても最後まで笑顔でごまかして、採寸を終えた清見が道具を片付け挨拶も終えて部屋を出ようとしたときだった。

李が小さく口笛を吹いたので、一瞬ドキッとして振り返ってしまった。それは口笛というよりは何かの鳴き声に似た、ピュルルルルっと小気味いい音だった。

「あ、あの、何か……？」

「ルリビタキの鳴き声は、確かこんな感じだったかな」

「え……っ？」

首を傾げて問い返す前に、李が清見の胸元を指さした。

「そのピンバッヂだ。ルリビタキだろう？　アンティークだな。おそらくフランス製。珍しいね。君がスーツにポケットチーフ以外のものをつけるのは。誰かのプレゼントかい？」

さすがに目ざとい。清見は苦笑とともにそのピンを自分の指先でそっと撫でた。

「お客様がフランス土産に買ってきてくださったんですよ。この麻のジャケットには色も合いますし、可愛いので気に入っているんです」

もちろんその客というのは恭介で、先日フランスに出張に出たときに向こうで見つけてプレゼントしてくれたのだ。羽田を利用した便だったので日本に着いて空港からその足でアトリエ

に立ち寄り清見に手渡しをしてくれた。

　李の言うとおりアンティークのおそらく一点もののピンバッヂは、大きさはわずか二センチ足らずだがプラチナでできていて、目の部分にはダイヤが埋まっている。また、特徴的な羽の部分のブルーは長方形にカットしたサファイアが埋め込まれていて、驚くほど細かい作業は一見して一流の職人のなせる技だとわかる。

　どれくらいの金額を払ったのかはわからないが、恭介は自分の小遣い程度だと言うのでそれ以上は何も聞かずに有難く受け取っておいた。

「そうか。そういうもので君を喜ばせることができるとは思わなかったな。それをプレゼントしたという客はなかなかやるね。わたしよりもつき合いの古い客かな？」

「いえ、最近ご紹介いただいたお客様です」

　そこまで言ったところで、李の秘書がやってきた。日本に滞在している間も予定が詰まっているので、いつまでも仕立て屋とおしゃべりをしているわけにはいかないのだ。清見にしてみればこれ以上ピンバッヂの件を探られなくてホッとしたが、李はここで会話が途切れるのが少しばかり残念そうだった。

　試着は来月の来日の際にしてもらえるよう準備をしておくと告げると、そのときにはぜひ一緒に食事をしようと誘われた。はっきりと約束はせずに笑顔だけで部屋を出たが、少々、しくじってしまった気分だった。

清見が顧客とはけっして一線を越えないことは李も理解していて、今では遊びの駆け引き以上のことは仕掛けてこなくなっていた。ところが、あの小さなピンバッヂが客からのプレゼントだと知り、清見のわずかな変化がそれに起因していると察したらしい。

油断のならない人だと思っていたが、今回は清見のほうにも隙があった。気持ちの緩みを見破られたことでパリにいたときのようにアプローチが激しくなるかもしれないが、李も紳士だから清見が本当にいやがることはけっしてしないだろう。

それに、何より彼は清見の作るスーツを愛してくれている。一線を越えてスーツのオーダーが出せなくなるのは、彼としても本意ではないはずだ。

その日、李の採寸を終えてホテルからアトリエに戻る途中、清見は寄り道をした。今週末に出かけるためにどうしても必要なものがあったのだ。普段はまず近寄ることもないスポーツ用品店で、トラッキング用の靴を買った。店の人に勧められてソックスも購入した。

他には帽子があればいいと言われている。夏のリゾート向きのアバカハットしかないけれど、それで充分だということなので、これで準備は整った。あとは週末を待つばかり。

こんなふうに休日を待ちわびるのはいつの以来だろう。李に指摘されてしまうくらい、浮かれる心を隠すことができなくなっている。

恭介と一緒に出かける山は、清見にどんな世界を見せてくれるのかとても楽しみだった。

休日の朝、軽い朝食を摂《と》ってから一度アトリエに向かった。恭介が車で迎えにくるというので、自宅にきてもらうよりはアトリエのほうが場所もわかっていて都合がいいと思ったのだ。

アトリエは基本的に日曜日と第一、第三月曜日を定休日にしている。だが、顧客から頼まればいつでも開けて注文は受けるし、必要なら先方へ採寸や試着にいくこともある。また、仕事が立て込んでいるときは、休みに関係なく朝から晩までアトリエに詰めている日もあった。

今年はパリで受注した仕事をこなすため、毎日のように遅くまで作業テーブルに向かっているけれど、今日だけはきちんと休みを取ると決めていた。

メールでかねてから約束していたとおり、近くの山へ野鳥観察に連れていってもらう。迎えの時間は九時。休みと決めていたのに八時前にアトリエに着いたら、ついわずかな時間でも作業を進めておこうとメジャーを首にかけてしまう。

午前中は、南向きの大きな窓から差し込む自然光で作業をするようにしている。そのほうが目が楽なので、帰宅時に下ろしておいたブラインドを上げたときだった。窓辺に立ってふと階下に視線を向けると、店の入り口の前に人が立っているのに気がついた。

「えっ？　恭介さ……ん」

よく見なくても、その長身と体つきですぐにわかる。自分の腕時計を見ればまだ八時だ。約束の時間よりずっと早い。車は隣の契約している駐車場に停めてきたのか、鍵を片手に持ちながらアトリエの玄関の前で行ったりきたりしていた。今日は休日なので、玄関ドアにもブラインドが下ろしてあって「Closed」の看板がぶら下がっている。

もしかして時間を間違えたのだろうかと思ったが、そんなはずはない。もしそうだったとしても、近くのカフェにでも行って時間を潰せばいいだけだ。なのに、なぜか恭介はその場にいてそわそわとアトリエの中をのぞき込んでは、深呼吸をするように肩を上下させている。

清見はその姿を見ているうちになんだかたまらない気持ちなった。胸の奥が痛いような、せつないような、言葉にならない気持ちだ。そして、すぐにメジャーを首から外すと一階に下りていって玄関扉を開く。

「河原さん。いたんですか？　早いですね？」

驚いたように言う恭介の言葉に、清見のほうも戸惑いを隠せない。

「早いのは恭介さんのほうでしょう。どうしたんですか？」

「すいません。つい気が逸《はや》って早くきてしまいました。河原さんはどうして？」

「少しでも仕事をしておこうかと思ったんです。それより、どうぞ入ってください」

「すみません。まさか仕事をしているとは思わなくて。邪魔をするつもりはなかったんですけど……」

清見に促されてアトリエに入ってきた恭介は、いつものように背中を丸めて恐縮したように言う。

「呼び鈴を鳴らしてくれればいいのに、もしかしてずっと店の前で待っているつもりだったんですか?」

ちょっと口調が強くなってしまったのは、彼が店の前で一時間も待っていて、自分がそれに気づかずにいたことを想像したからだ。そういうのは、待たせてしまったほうが心地悪い。

「いるとは思わなくて……。すみません。あの、迷惑だったら出直しますから、仕事を続けてください」

予定外の行動に清見が気分を害していると思ったのか、恭介がアトリエの玄関扉に戻ろうとするので慌てて引き止める。そんなふうに謝られると、清見のほうが困ってしまう。べつに怒っていたわけじゃない。ただ、驚いただけなのだ。

もう一度恭介を応接室に連れ戻して、手早く用意したコーヒーを差し出すと彼はますます身を縮めて何度も謝るので、清見のほうがたまらず諭すような柔らかい口調で言った。

「謝らないでください。怒っているわけじゃないんですから。でも、たまたまブラインドを上げようとして気づいたからよかった……」

大切な顧客だからということだけではなくて、恭介を外で待たせていたら自分の胸はひどく痛んだだろう。それは、清見の中にある小さなトラウマだった。

母子家庭で育った清見は当然のように子どもの頃から鍵を持たされていた。小学校から帰ってきても、母親はまだ縫製工場で働いていて家には誰もいない。

それも子どもには充分に寂しいことだったけれど、一度冬の寒い日に鍵を忘れて学校に行ってしまったことがある。帰宅したときに鍵を持っていないことに気づき、アパートの部屋に入れないままドアの前で母親の帰宅を待ち続けた。

清見は両手に何度も息を吐きかけながら待っていた。当時は小学生の低学年で、ファストフード店に入るお金さえ持っていない。携帯電話などもちろん持っていない頃のことだ。とにかく、夕方になって母親が帰ってくるのを待つしかなかった。けれど、その日にかぎって母親は残業で帰りが遅かった。

おまけに、まるで清見を苛めるかのように凍える夜空からは雪が降り出した。アパートの玄関の軒下で見る見る積もっていく雪を眺め、いつしか自分は悲しいのか寂しいのかわからなくなっていた。体よりも心が冷たくなっていくのを感じて、子どもながらにたった今自分は何かを失っているんじゃないかと思っていた。

やがて夜の九時近くになって母親が帰宅したとき、玄関の前で髪や肩に雪を被り震えて待つ清見を見つけて、彼女は慌てて駆け寄ってきた。

母親の膝にしがみついて鍵を忘れてしまったことを言うと、彼女は凍える清見をぎゅっと抱き締めてくれた。我慢していた涙が一気に溢《あふ》れそうになったけれど、そのとき清見よりも先に母親が泣き出してしまった。

『ごめんね。ごめんね。寒かったでしょう。本当にごめんね』

母親はその場に膝をついて、何度もそう繰り返して言った。あのときどうして母親が泣いているのかわからなかった。鍵を忘れたことを叱られるかもしれないと思っていたのに、そうではなくてただ不思議だった。

でも、大人になってから彼女の気持ちがわかるようになった。子どもは親を選べないのに、自分の息子に生まれてきたばかりに寂しくて可哀想な思いをさせている。両親の揃った家庭の温《ぬく》もりも知らず、いつも生活に追われるように働く母親にも構われず、成長していく清見が不《ふ》憫《びん》で仕方がないと思う気持ちが彼女の中にあったのだろう。

寂しくなかったといえば嘘になる。貧しさに辛抱を強いられたことは数かぎりなくある。ほしい本や服も諦めた。行きたい場所に行けなかったこともある。それでも、それが母親への恨みにはけっしてならなかった。

そして、大人になって彼女が病に倒れ入院生活を余儀なくされたとき、清見は再び扉の前で泣きたくなるような孤独を味わった。夜中に容態が急変したと連絡を受け病院に行くと、母親は処置室に入っていて清見はそのドアの外で待っていなければならなかった。

今度はドアの中から母親が戻ってくるのを祈りながら待った。だが、ドアが開いたとき、母親はすでに清見を抱き締めてくれることも声をかけてくれることもなかった。本当の絶望を味わった瞬間だった。

母親の死はこれまでの清見の人生で最も悲しい出来事として、心に深く刻み込まれている。そんな母親の死の思い出は、常にあの雪の日に母の帰宅を待ちわびた思い出と一緒になって清見の中にある。

あのときに似た空気や、光景を目にすると、清見の心はしくしくと鈍い痛みを思い出す。さっきアトリエのドアの前で待つ恭介を見たときも、遠い日の悲しい記憶が脳裏を過ぎり、胸が痛くてたまらない気持ちになってしまったのだ。

だが、そんなこととは知らない恭介は、清見から受け取ったコーヒーカップを手にしながらまだ少し俯きがちだ。しばらく互いの顔を見ながらも何を話せばいいかわからずにいたが、恭介がふと思い立ったように二階のほうへ視線をやって訊く。

「二階で仕事をしているんですよね?」

「ええ、そうですよ。すべてのスーツはここの二階で作っています」

そう答えながら、清見は恭介が初めてアトリエを訪ねてきた日のことを思い出していた。帰り際に何気なく振り返り二階を見上げていた彼は、窓のそばに立っていた清見の姿に気づいていなかったはず。

あの日は梅雨の晴れ間の日差しが強く、窓には太陽が反射していた。それでも、清見はこちらを見上げる恭介の視線に捕らわれたように、しばらくその場を動けなくなっていた。

「あの、見せてもらうことはできますか？」

恭介が遠慮気味にたずねる。その言葉にちょっと驚いた。これまで顧客の誰もそんなことを言った人はいない。清見の作るスーツのファンだと言ってくれる人は少なくないが、彼らは出来上がったスーツに対して賞賛の言葉をくれるのであって、その製作現場に興味を持つ人はいない。

たまに取材の依頼があるが、よっぽど恩や義理のある人から頼まれたときだけ受けるようにしている。そうでないかぎり、二階は清見にとってある意味神聖な場所であった。

「構いませんが、ただの作業場ですよ」

服飾関係に知識のある人ならともかく、そうでない人が見ればただの小さな縫製工場のようなものだ。大きめの作業テーブルを中心に、壁際にはミシンやアイロン台など必要な器具が並んでいる。また作りつけの棚には縫製のための細かい道具類とお得意様のスーツの型紙が詰まっていて、壁際のワードローブには試作品が十数着吊るされている。

それでも、恭介はぜひ清見の作業部屋を見てみたいという。出かけるまでにはまだ時間がある。けれど、清見がそれを許してもいいと思ったのは、恭介に彼のフィールドである山に連れて行ってもらうお礼の意味もあった。

「じゃ、どうぞこちらへ」

これまで清見以外では、業者か取材の人間しか上がってくることのない場所に恭介が初めて入る。ドアを開けて明るいアトリエの中に招かれた恭介は、好奇心に満ちた目で部屋の隅々を眺めていた。

「べつに珍しいものはないでしょう。もちろん、ミシンやアイロンなどは家庭用のものと違いますが、裁縫をするお母さんがミシンを踏んでいた部屋とたいして変わらない」

もっとも、家でミシンを踏んでいたのは自分の母親だけで、恭介のような裕福な家庭では母親は自分の手で何をするでもなく優雅に暮らしていたのかもしれない。恭介は清見の言葉に同意することはなかったが、だからといってつまらなさそうに視線を泳がせることもなく振り返って言った。

「なんかすごいな。こういう場所って独特の迫力がある」

お世辞や冗談でもなく本気で言っているのはその目でわかる。もちろん、ここは清見にとって一番大切な場所ではあるが、恭介の言葉の選び方に少しばかり驚いた。

「迫力ですか？　そういうものがあるのかどうかわかりませんが……」

「いや、ありますよ。プロのカメラマンとか雑誌の編集部とか、その道に生きている人のエネルギーみたいなのが充満している感じがする。やっぱりすごいな」

夢中で清見のアトリエを見ている恭介の姿に、ふと柏木の言葉を思い出した。

『あの子はなかなかおもしろい感性の持ち主だよ』

あのときは野鳥観察以外についてはたずねようとしなかった。そのうち自分で気づけばいいし、わからなければそれでもいいと思っていたからだ。

だが、またしても柏木の言葉の意味がわかったような気がした。彼の独特の感性は、職人の清見にも通じる部分があるのかもしれない。でも、彼は「作る」人間ではなくて、少し違う何かを持っているような気がした。

「このジャケットも河原さんの作品ですか？」

アトリエの隅にあるボディが着ているジャケットを見て、恭介がたずねる。それは、先日採寸にいった李のためのジャケットだ。得意客の依頼の一点だと話すと、ボディの前で唸《うな》るような声を上げていた。それから、あらためて清見のほうを見てまた少し恐縮したように言う。

「俺、初めて寺島さんに連れられてきたときは、本当に仕立てたスーツなんて必要ないと思っていたから、とても失礼なことを言ったかもしれない」

「そんなことはないですよ」

清見は笑って否定したが、確かに現在と比べればいささか子どもっぽい態度だったのは否めない。それでも、今はもう彼があのときどんな思いでいたかを知っている。

「こういう一着を見ると、自分はまだまだだと思い知らされる。いったい、いつになったらこんなジャケットを着こなせる男になれるんだろう。今ちょっと気が遠くなりました」

恭介の言葉を聞いて、清見は笑うよりも感心した。スーツを着慣れていなかった彼が、李のために仕立てた一着を見てその価値に気づいたのだ。

李はこのアトリエを持つ以前のパリ時代からの客で、彼のスーツはもう何着も仕立ててきた。李くらいになると、清見からアドバイスすることもない。それくらいにスーツというものを知り尽くしている。そんな彼のために仕立てたこの一着も、素材と品質にとことん拘《こだわ》った一点だ。

少なくとも恭介はその価値をしっかりと見極めていて、今の自分にはほど遠いものだと理解している。

柏木の言っていたとおり、彼の感性はおもしろい。独特でいて、とても繊細だ。どんなものであれ自分の琴線《きんせん》に触れるものに対する好奇心は強い。それが必ずしも人間やビジネスに向いていないからといって、彼が三木汽船の跡継ぎに相応しくないとは思わない。

独自の感性はきっとビジネスの世界でも彼を救うことがあるかもしれないし、彼の大きな武器になることもあるだろう。それを活かせるかどうかは本人次第なのだ。

清見はボディの前に立つ恭介の横に行き、目の前のジャケットの襟を軽く撫でてその出来栄えを自分の目で今一度確認しながら言う。

「今の時代だからこそ、自分だけのスーツを仕立てるということはとても贅沢なことなんです。でも、それをできる人は、それだけのことをしてきた人ということです。自分が成してきたことに対する自信と誇りがスーツとなっていると考えてみてください。だから、わたしは注文を受けた一着一着を大切に作りますし、そのスーツを大切に着てもらいたいと思うんです」

清見の言葉は恭介の胸に届いたらしい。にっこりと微笑む彼は、初めてここへきたときとは違う男の顔になっていた。きっとこれからもっといい顔になっていくのだろうと思った。


九時前には恭介の車に乗ってアトリエを出発した。

会社の車ではなく、彼の自家用車はまさに山を走るための国産の大型四輪駆動車だった。清見の愛車のミニとは違い、長身の恭介でもゆったりと乗れるし、野鳥観察や山で必要な道具類もたっぷりと乗せるスペースがある。

「目的地までは二時間くらいです。疲れていたら眠っていてください。着いたら起こします」

そうは言われても、恭介に運転をまかせて助手席で眠っているわけにもいかない。日本でもパリでも都会暮らしばかりで、ドライブや自然の中で遊んだり山を歩いたりという経験がない清見にしてみれば、車の窓から遠くに山並みが見えてきただけでもワクワクしてくる。とても眠ってなどいられない気分だった。

それに、横で運転している恭介の姿を見ているのも楽しい。自分の好きなことに夢中になっている生き生きとした様子は、あの写真展のとき以来久しぶりに見る。

「ビジネスーツもずいぶんと板についてきたようですが、やっぱりそういうカジュアルなスタイルが似合いますね」

最初にアトリエにきたときは、いかにも自由業というかフリーターといってもいいような普段着だった。一緒にきたのがビジネススーツ姿の寺島だったから、ジーンズにTシャツにサマーカーディガンという姿はあまりにも対照的だったのだ。

今日もまたジーンズスタイルだが、山に行くのでTシャツに少し厚めの生地のグレイのタータンチェックのシャツを合わせている。その上に羽織っているのは北米のアウトドアグッズで有名なブランドのモスグリーンのパーカーで、機能的なデザインになっている。

日差し避けに被っているワークキャップも足元のトレッキングシューズもいい感じに使い込まれていて、真新しい清見のものとはまるで違っている。すると、恭介もまた清見の足元を見て言う。

「いい靴買いましたね。靴下も買ったんですか。よかった。靴下のことも言えばよかったかなって思ったんだけど、あまり出費させても申し訳ないと思って……」

いきなり恭介の趣味につき合わせて、あれこれ買い揃えろとは言いにくかったのだろう。靴だけは清見の持っている革靴ではどうしようもないので用意してほしいと言ったものの、靴下は念のためにフリーサイズで予備を持ってきてくれていたそうだ。

それから、車の中で帽子や今日の服装で何か問題はないか恭介にチェックしてもらった。

「充分です。よく似合ってます。でも、スーツじゃない河原さんは見慣れないから……」

「やっぱり変ですか?」

清見が柄にもなく照れたように言うと、恭介は首を横に振ったかと思うと笑う。

「いや、新鮮です。そういう格好もすごくいいと思います」

小さな声でお礼を言って、それから二人はまた黙り込む。何気ない会話も楽しいし、こうして黙っている時間もまた楽しい。

「わたしなんかが一緒でもいいんですか? 野鳥の観察に足手まといになりそうで心配です」

山の稜線《りょうせん》がはっきりと見えてきて、いよいよ登山口に車が差しかかったときに清見が言った。だが、恭介は慣れた道で軽快にハンドルを切りながら言う。

「大丈夫ですよ。いつも一人で行っているような山深いところへは入らないようにしますから」

「でも、慣れたお仲間とならら自由に動けるでしょうに」

清見が少し申し訳ない気分で言うと、恭介はちょっと肩を竦めてみせる。

「カナダなら気心の知れたジョシュアと出かけますけど、日本ではいつも一人です。こういうことを言うと対人関係が苦手な偏屈だと思われてしまうかもしれないけど、友達が少ないんです。だから、野鳥観察に誰かを誘ったのは河原さんが初めてです」

「えっ、本当に……?」

それはちょっと驚いたが、彼は子どもの頃少しばかり引きこもっていた時期もあるから、対人関係に慎重なのは無理もないことかもしれない。それに、清見にしても接客はそれなりにこなしているが、プライベートではけっして友人が多いほうではない。

学生時代を振り返ってみてもそうだったし、この仕事に就いてからはなおさらだ。それでも、心許せる何人かの友人と思い出したように連絡を取り合い、互いの時間が許せば食事をするくらいで特に寂しさを感じていることもない。

ともに母親を亡くしていて、人間関係の構築に慎重なところなど、生まれ育った環境はかけ離れていても、恭介と清見は案外似ているところがあるのかもしれない。

いつもは一人できている山に清見を連れてきてくれたという事実に、妙にくすぐったい気持ちが込み上げてくる。

四輪駆動車は山道もスイスイと登っていき、左右から大きな木々が長い枝でトンネルを作っているところでは、夏の太陽の日差しも遮られて空気がひんやりとして気持ちいい。まだ山のほんの入り口だと恭介は言うけれど、清見にとっては充分に知らない世界だった。

「都会生まれの都会育ちにしても、本当に山遊びや川遊びとかはしなかったんですか？」

「興味がなかったのもあるんですけど、そういう環境でもなかったので……」

そう言うと、清見はこのとき初めて自分が母子家庭で育ち、経済的な事情もあって普通の家庭なら当たり前の行事もほとんど経験していないことを話した。そして、たった一人の身内であった母親もすでに他界していることも話してしまい、いっそすっきりした気分だった。だが、聞かされた恭介の表情が途端に曇ったのがわかった。

「ごめんなさい。楽しい話ではなかったですよね」

「いや、俺のほうこそ不躾《ぶしつけ》なことを言ってしまったみたいで……」

「気にしていません。それより、こんなところへ車で連れきてもらったのは初めてで、なんだかすごくワクワクしています」

「河原さん……」

恭介がまだ気遣っている様子で言葉に詰まっているので、清見のほうが笑顔で提案してみた。

「あの、その呼び方ですが、そろそろ変えていただけますか？　いくら年上でもわたしだけが下の名前で呼んでいるのはちょっと……」

プライベートで一緒に出かけていて、苗字《みょうじ》で呼ばれるのはなんだか心地が悪い。他の人ならそんなふうに思うこともなかったかもしれないが、恭介とはもう少しだけ距離を縮めてみたいと思ったのだ。

だったら、どう呼べばいいのか遠慮気味に訊く恭介に、自分も下の名前でいいと言った。少なくとも、プライベートで出かけているときや、アトリエにいたとしても二人きりのときなら支障はないだろう。

「寺島さんが聞いたら、ちょっと眉を顰《ひそ》められるかもしれませんけどね」

公私のけじめがきっちりとしている寺島には、とりあえず内緒にしておくことにした。そういう二人だけの秘密を持つことも、なんだか初めての経験で心が騒ぐ。それは恭介も同じなのか、いつも絞られている寺島を少しだけ出し抜いたような気分だと少年のように笑っている。

どうしてこんなささやかなことが恭介となら楽しいのだろう。だが、山には、清見が驚くことがもっと数かぎりなくあった。

「えっ、ここを下りていくんですか？」

車を近くの駐車場に停めて山沿いを歩き、ガードレールの切れ目に標識が立った先には獣道のような狭く急な下り坂があった。少しばかり戸惑ったようにたずねる清見に、恭介は大きなデイパックを背負いながら手を差し出してくる。

「大丈夫です。俺が手を引きますから」

トレッキングシューズは履いてきたものの、清見はすっかり腰が引けていた。都会生まれの都会育ちとはいえ、男としてあまりにも情けないとは思う。けれど、足元は石段もなく、急斜面に落ち葉や枯れ木が積もっていて足を置いただけでそのまま何メートルも下まで滑り落ちていってしまいそうだった。

「自分の足元だけ見ていてください。俺の手を引く方向へ一歩一歩、次に足を置く場所だけを見ながら下りてくればいいんです」

ここまで連れてきてもらって逃げ出すわけにはいかない。清見は覚悟を決めて恭介の手を取った。そして、斜め掛けの軽量のビニールバッグをもう片方の手で押さえながら、一歩、また一歩と斜面を下っていく。

「そうそう。その調子。大丈夫ですよ。そこの石が顔を出しているところに踵《かかと》を乗せて。そうです。次はそこの土の上です」

清見にはまったく周囲を見る余裕はなかった。それでも、途中で足場を探していると頭上から風の音とともに鳥の囀《さえず》りが聞こえてくる。その声にふと顔を上げたときだった。

「はい、到着です」

恭介の言葉とともに、急な坂道から平らな川岸へと下り立っていた。目の前には緩やかな川が流れて、周囲は絶壁で深い緑の木々に覆われている。こんな世界をこの目で見たのは初めてで、清見は思わず声を上げていた。

「す、すごい……っ」

「フランスにいたときも地方へ出かけたりはしなかったんですか？　パリからちょっと離れれば、けっこう自然があるでしょう？」

恭介に訊かれて、さすがにこのときばかりは恥ずかしくなって俯き加減に首を横に振った。パリは大都会だが、恭介の言うとおり列車で少し行けば自然の残った森や山が少なくない。けれど、パリにいた頃は清見にとってまさに修業の時代であり、郊外へ遊びに出かけることなど一度もなかった。そうやって考えると、自分の人生に欠けたものがたくさんあるのだとこの歳になって思い知る。

「じゃ、日本でこれからたくさん行けばいいですよ。日本にも世界のどこにも負けない自然がある。それを見ないままじゃもったいないから」

そう言う恭介に連れられて、渓流のそばまで歩いていった。すると、岩場に小さな白黒の鳥が何羽かいるのを見つけた。

「あれ、この間教えてもらったセキレイですよね？」

「そう。ほら、あそこに止まっているのがコガラです。見えますか？　頭の上が黒いでしょう。ベレー帽を被っているみたいに。それから、こっちです。ほら、あの木の上のほうで鳴いているのがわかりますか？　あの声はヒヨドリです。『ヒーヨ、ヒーヨ』って聞こえるでしょう」

恭介に言われるままに川原を歩きながら、木々を見上げ鳥を見つけてはハッとする。

セキレイやコガラやヒヨドリなどは恭介にとって珍しくもない鳥なんだろうが、こんなにも小さな生き物が自然の中で一生懸命生きている姿を目の当たりにするのは、清見には初めての体験だ。どれも市街地にもいる野鳥らしいので見ていたのかもしれないが、今までは気にもとめていなかった。

「足元に気をつけて。上ばかり見ていると躓《つまず》きますよ」

言われたと同時に、清見は安定の悪い石を踏みグラリとバランスを崩してしまう。

「あっ、危ないっ。清見さんっ」

咄嗟に名前を呼びながら彼の両手が清見の体を支え、大きな胸に抱きとめられる。慌ててしがみついた彼のシャツに頬を寄せ、自分の足元を確かめてから顔を上げる。すると、すぐそばに恭介の顔があってドキッとした。

「す、すみません。ありがとうございます。助かりました」

「いえ、渓流の岩場は慣れないと歩きにくいからゆっくり行きましょう」

そう言った恭介は歩き慣れた様子で、素早く野鳥観察にいいポイントを見つけると大きな歩幅で飛ぶように歩いていき、振り返っては清見に安全なルートを指示してくれる。

そのうち清見も慣れてきて、足元に集中して歩き恭介のそばにくると教えられた場所を見上げて鳥を見る。清見に双眼鏡を貸してくれて、恭介はカメラを構えている。野鳥観察は根気が必要だとわかったが、それが案外苦に感じないのは大自然の中に自分も溶け込んでいる心地よさを味わえるからだ。

また鳥ばかりでなく、渓流を眺めているのも楽しい。澄んだ流れの中で小魚がたくさん泳いでいるのが見えるし、その小魚を狙って川鳥がひっきりなしに飛んでくるのだ。

東京からそう遠くないのにこんな場所があるなんて思いもしなかった。昼前に着いてたっぷり二時間ほど渓流沿いを歩き、少し山深いところへも分け入り、木々の間を飛ぶ鳥を眺めてまた川岸のそばまで下りてきた。

そこで恭介は手際よく形のいい岩を並べて椅子代わりにして、清見を座るように促す。大きなデイパックからは魔法瓶と茶色の紙袋が二つ出てきた。

「本格的なキャンプなら温かいものも作りますけど、今日は日帰りの観察だからこんなランチですみません」

恭介がそう断ってから、紙袋を一つ渡してくれる。お弁当のことは一応たずねたのだが、恭介が用意してくれるというので甘えてしまった。だから、どんな簡単なランチでも文句を言うつもりはないが、紙袋を開けてちょっと驚いた。

中からはピタパンにローストチキンとレタスがたっぷり挟まったサンドイッチと、ハムとチーズとマリネされた夏野菜が挟まったサンドイッチの二種類が出てきた。どちらもクッキングペーパーにくるんであってまだひんやりとしているのは、車から降りるまでクーラーボックスの中に入れてあったからだ。

他には遠足の子どもが持つような小さいサイズのチップス。まるでオマケのようにフランスのスーパーでよく見かけたチョコレート菓子もついていて、その可愛らしさに思わず頬が緩んだ。

それだけではない。清見がバッグに入れてきたのは冷たいお茶のペットボトルだけだったが、恭介は魔法瓶にミネストローネを入れてきていて、プラスチックカップに注いでくれる。まだ充分に熱いそれは、日陰に座る体をほどよく温めてくれる。

「どれも本当においしい……」

サンドイッチとスープを食べた清見が感心したように言うと、恭介がちょっと早起きして作ったというのでさらに驚いた。まさか料理ができるとは思わなかったのだ。

「野鳥観察に必要なことはなんでも自分でしますよ。それもジョシュアが教えてくれたんですけどね。本当に好きなことは一から十まで全部自分でできて当たり前だって。清見さんもそうでしょう？　カッターだけど仕立てのすべてを自分の手でやっているって聞いたとき、同じだなって思った」

確かに、そんなふうに自己紹介した。でも、そのことを恭介が覚えていて、自分の好きなことと重ねて考えていたとは思わなかった。

食事のあとには川で洗ったプラスチックカップにもう一つの魔法瓶からコーヒーを注ぎ、箱に入ったドーナッツを出してきた。

「さすがに、これは買ってきました」

笑って恭介が言うように、それは手作りドーナッツで有名な店のパッケージで、中にはベリーソースの入ったものとチョコレートがコーティングされたものが二つずつ並んでいた。

普段ならとても食べきれない量だったが、自然の中で食べるとなんでもおいしくてどんどん口に入ってしまう。恭介はそれでもまだ足りていないのか、持っていたレーズンクッキーを頬張っていたが、さすがに清見は勧められても手が出なかった。

「午後からはもう少し川を遡《さかのぼ》って、対岸の山間のあたりを散策しましょう。ルリビタキがいるかもしれません。あとカワセミがいたらいいな。どっちも俺の好きな鳥です」

ルリビタキはもう清見もネットで画像を何度も見た。雄は青い羽が美しく、清見にとってもすっかり馴染《なじ》みの野鳥だった。だが、実物を見たことがないので、この山で見ることができるとしたら楽しみだ。

食事の後片付けをしてまた渓流沿いに歩きながら、清見が恭介に聞いてみる。

「他にはどんな鳥が好きなんですか？」

「珍しい鳥は見たいと思うし、できれば写真に撮りたいけれど、個人的に眺めていて楽しいのはどこにでもいる鳥かな。ヒタキ科の鳥はだいたい好きなんですよ。どこでも見られるし、小さくても羽の色がきれいで、鳴き声もいい。ルリビタキやキビタキ、アカハラとかマミジロなんかも好きだな」

どの名前を聞いても清見にはルリビタキ以外はよくわからない。それどころか、恭介が北米やヨーロッパで見たという珍しい鳥の名前が出てくると、相槌《あいづち》を打つのさえも難しくなってくる。すると、恭介は夢中になって話していた自分に照れたようにまた清見に手を差し出して、さほど危なくもない道でもきちんと誘導してくれるのだ。

渓流の幅の狭いところで岩がうまく並んでいるところを選び、そこで対岸に渡る。

「あっ、あれ、見えますか？　ソウシチョウですよ。赤い嘴《くちばし》をしているでしょう」

そうやって清見に教えては、ゆっくりと近づきファインダーをのぞき込んでシャッターを切っている。自分一人できたときはもっと腰を据えて狙っている鳥の写真を撮るのだろうが、今日は恭介も軽いピクニック気分なのか、それほど写真撮影に時間を費やしてはいない。

やがて三時も回り、夏の日差しもずいぶんと和らいできた。都会にいるとこの時期は夕方になっても強烈な太陽に目が眩《くら》みそうになるが、山の中だと時間の流れさえも違って感じる。

「そろそろ車まで戻りますか？」

本当はまだ名残惜しかったけれど、帰りは道が混むので少し早めに戻るほうがいいということだった。

きたときに比べて、帰りは清見もずいぶん歩き慣れてきて、恭介の手を借りなくても岩場もうまく渡り歩けるようになっていた。

「本当に大丈夫ですか？　無理しないでくださいよ」

渓流をまた対岸に渡って戻るとき、恭介が心配そうに声をかけてくるので、清見は平気だと手を振って彼のあとを追いかけた。川面《かわも》から顔を出していた岩を見つけて、そこなら大丈夫だと思い一気に飛び移る。だが、その瞬間、すでに対岸まで行って先に荷物を置いた恭介が振り返り声を上げる。

「そ、その石は駄目だ。危ないっ」

「え……っ」

清見が下を見たときにはもう足が石の上に着いていて、途端にグラリと大きく揺らいで体が傾く。見た目は平らな石が、底も平らとはかぎらない。恭介にまずは片方の足を乗せて安定しているかどうか確かめてから飛び移るように言われていたのに、一気に飛び移ったのが失敗だった。何度も体を前後に揺すっているうちに恭介が慌てて駆け戻ってきた。

「清見さんっ」

だが、清見が渓流の中へ倒れそうになっているのを見て間に合わないと思ったのか、靴が濡《ぬ》れるのもかまわず川の中にざぶざぶと入って手を伸ばしてきた。

「うわ……っ」

もうどうすることもできずに恭介のほうへ倒れ込むと、彼が胸で清見を受けとめてくれたものの水底の石は滑りやすく、大きな水音とともに二人して川の中に座り込む格好になった。深さはない。せいぜい足首から深いところでも脛《すね》くらいまでの水位だ。それでも腰まで浸《つ》かってしまい、そのとき脱げた清見の帽子が流されそうになっていた。

「あっ、ヤバイっ」

そう言って恭介が手を伸ばしてつかんでくれたが、帽子ももうずぶ濡れだ。

「ご、ごめんなさいっ」

清見が謝って立ち上がろうとするが、また滑る石に足をとられて今度は川の中で胡坐《あぐら》をかくように座っている恭介の膝の上に崩れ落ちる。もう何をやってもずぶ濡れでどうしようもない。申し訳ない気分で恭介の顔を見ると、彼は清見を膝の上に抱いたまましばらくポカンとしていたが、やがてこらえきれなくなったように噴き出した。

いい大人が川の真ん中に座り込んで頭からびしょ濡れになっている。声を上げて笑う恭介を見ていると清見もおかしくなってしまい、一緒になって笑ってしまった。

　みっともない格好がおかしいけれど、なんだかこれ以上ないほど愉快な気分になっている。二人して顔を見合わせて、濡れた髪や手を振りながら飛沫《しぶき》を飛ばしてはまた笑う。こんなふうにお腹《なか》の底から笑ったのはいつ以来だろう。もう清見にはそんな記憶は遠すぎて思い出せない。

「あっ、清見さん、睫《まつげ》も濡れてる……」

「え……っ？」

　睫の飛沫を手で拭おうと目を閉じたら、その手を恭介がそっとつかんだ。

「恭介さん……？」

　彼の名前を呼んだとき、唇に温かいものが触れた。それが恭介の唇だと気づいて目を見開いた。冷たい川の流れの中で、重なった唇ばかりが温かい。それは心地のいい温もりで、清見は顔を背ける気にはなれなかった。

　遠くからヒーヨ、ヒーヨという鳥の鳴き声が聞こえてくる。あれは今日教えてもらったばかりのヒヨドリの鳴き声だ。そして、渓流の流れる音と甘い吐息。自然の中に抱かれながら、二人は互いの温もりをしっかりと感じていた。

◆◆

帰りの車の中ではさすがに濡れた体が冷えてきて、エアコンはかけず窓を開けて車を走らせた。車に積み込んでいた非常用のシートを敷いて、ブランケットを膝に置いた状態で都内まで戻ってきたが、さすがに濡れたズボンのままでは気持ちが悪い。

車で清見のマンションまで送ってもらうつもりだったが、連休のレジャーから戻る車の渋滞につかまってしまい時間がかかりそうだった。ブランケットを巻いていても少し震えていると、都内に入ったところにある恭介の部屋に寄って着替えるように勧められた。

「それってフリーサイズのはずなんですけど、やっぱり大きいですよね」

部屋に着くとまずはシャワーを借りて、濡れたものを乾燥機で乾かしている間は彼の部屋着のTシャツとジャージのズボンを借りていた。温かいシャワーですっきりした今は、とにかく乾いた服がありがたい。

「下着とズボンが乾くまでですから。それより、お世話をかけてしまってすみません」

まさか自分の顧客にこういう姿を見せることになるとは思ってもいなかったが、緊急事態なのだから仕方がない。それに、恭介の前ではもうきちんとスーツを着こなした自分でいなくてもいいような気がしていた。恭介はキッチンで温かいコーヒーを淹《い》れてきてくれて、テレビでもリビングの書棚の本でも好きなものを見ているように言い自分もシャワーを浴びにいった。

都内とはいえ、神奈川県寄りにあるマンションは、恭介が野鳥観察の資料やこれまで撮った写真のコレクションなんかを置くために、倉庫代わりに借りている部屋だそうだ。

会社に入る以前はここでよく寝泊まりをして一晩中写真の整理をしたり、早朝に車を飛ばして海や山へ野鳥観察に出かけていたらしい。

２ＬＤＫの広さは一人暮らしには充分なスペースだが、一部屋は写真関係の器材や資料で埋もれている。リビングの書棚も驚くほどの本がある。そのほとんどが野鳥や自然に関するものだ。倉庫代わりなのに思いのほかきれいに整理整頓されているのは、週に一度はクリーニングの人が入っているからだそうだ。そのとき、大切な資料が紛失したら困るので片付ける癖がついたという。

自然の中にいる恭介は好奇心が旺盛で、少年のような目をして野鳥を追いかけている若者だった。けれど、こうして都会に戻ってきてみれば、やっぱり彼は裕福な家庭で何一つ不自由なく育ったお坊ちゃんなのだと思い知る。三木の立派な屋敷がありながら、こうして趣味のための部屋を借り、国産車とはいえけっして安くはない車を乗り回して優雅に暮らしている。自分とはやっぱり生きている世界が違うのだとあらためて実感させられた。

清見はコーヒーを飲んでから、ゆっくりとリビングにある本を眺めて回った。中にはエバンズのカナダで発行された写真集も数冊あった。もちろん、柏木が見せてくれた野鳥観察の雑誌もバックナンバーからずらりと揃っている。

清見はそんな本を何冊かパラパラと見ながら、ふと視線を宙にさまよわせて小さな溜息を漏らした。どうして、あのとき川の中でキスされて拒めなかったのだろう。それ以前にも別れ際に抱き寄せられたときもそうだった。

それは、自分が恭介という人間に惹かれているから。出会った日からその予感はあったのかもしれない。まるで違う世界で生きてきたのに、どこか似たものがある。母親を亡くしていることや人間関係の構築に不器用なところなど共感する部分もあって、好きなことに向き合う姿勢についてもそうだった。

最初の頃は、自分の気持ちを母性に近いものだろうと思っていた。けれど、違うのだ。寂しい心と寂しい心が引き寄せられていたのだ。寂しくても寂しいと思わないまま生きてきた二人だった。恭介は野鳥観察をして自然の中にいればよかったというし、清見は好きな仕事に打ち込む自分の生き方を疑問に思うことはなかった。

けれど、似た者同士が出会ったことで自分たちがどれほど寂しい思いを抱えているのか気がついてしまった。今までなら、寂しさを埋めるためだけに誰かと心を近づけようとは思わなかった。けれど、恭介だけは違う。心が勝手に近づいていってしまうのを止められないのだ。

それでも、清見は怖かった。恭介とこれ以上近づいたら、心が奪われてしまわないだろうか。奪われた心はまだ自分のままでいられるだろうか。

それだけではない。それ以前にたくさんの問題がある。恭介はアトリエの顧客であり、三木汽船の御曹司だ。自分のポリシーを捨てることも、分不相応な相手に気持ちを寄せるのも辛い。ましてや同性であり、六つも年下なのだ。どうにかなる相手ではないことはわかっている。だったら、大人としての振る舞いがあるはずだ。

清見は手にしていた本を閉じると、服が乾いたらさっさと着替えをして帰ろうと思った。そして、本を本棚に戻しているときだった。

「それ、懐かしいな。中学のときに親父がイギリスで買ってきてくれた、ヨーロッパの野鳥図鑑ですよ」

たった今、早々に帰らなければと思ったばかりだ。なのに、いつの間にかすぐ背後に恭介が立っていて、清見の肩越しに本の背表紙をのぞき込んでくるから動けなくなってしまう。

「あ、あの……、そろそろ服が乾いて……」

「まだ乾いてなかった。それに、まだ帰らないでほしい」

恭介は清見の耳元でそう囁くと、背後から甘えるように抱きついてくる。

「きょ、恭介さん……、あの、わたしは……」

「お願い。帰らないで。もう少し一緒にいたいんです」

清見もそう思っていたけれど、それをしたら駄目だとわかっているから振り切ろうとしている。でも、抱きついてくる腕は優しくて温かい。駆け引きのない言葉と正直な気持ち。こんなふうに誰かと向き合ってきたことがないから、清見の心は今にも崩れてしまいそうだった。

「恭介さん、あなたのことは……」

言いかけたところで、恭介の手が清見の顎にそっと回りゆっくりと持ち上げられる。近づいてくる唇を意識して顔を背けようとしたのに、清見の意思はあまりにも弱かった。

「あっ、駄目……っ」

そう呟いた言葉の続きは恭介の唇に呑《の》み込《こ》まれていった。背中に感じる恭介の大きな胸から響いてくる鼓動が早い。清見の胸も激しく打っている。二人ともこんなに高ぶっていると思った瞬間に、心の歯止めが外れてしまった。

振り返ると同時に今度こそ強く全身を抱き締められる。そして、唇を合わせたまま、壁伝いに隣の寝室へと縺《もつ》れるようにして連れられていく。

「あっ、恭介さんっ、どうして……っ」

「好きです。清見さんが好きだ。初めて会ったときから気になっていた。気がついたら、すごく好きになっていたんだ」

はっきりとした口調とは裏腹に、ベッドに倒れ込んだ清見に抱きついてくる彼の仕草はまるで子どもが甘えるようだった。首に縋《すが》りつき、胸に顔を埋めるようにして求めてくる。自分よりもずっと長身で大きな体を丸めるようにして縋りついてくる様を、清見はせつなさと愛《いと》しさで抱き締める。

母性に似た感情のさらに奥には、はっきりと欲情する体の火照《ほて》りがあった。若い雄の肉体が夢中でその熱をぶつけてくる。でも、それだけじゃない。恭介にはこれまで体を重ねてきた誰とも違う愛がある。全身で清見だけを求めてきてくれるのがわかるのだ。

(駄目だ。溺れてしまう……)

どんなに拒んでも逃れることはできない。清見もまた恭介がほしくてたまらなかった。そして、夜がこんなに甘いことを久しぶりに思い出していた。

「清見さん、きれいだ。あなたみたいなきれいな人に初めて会ったんだ」

すごく嬉しい言葉だったけれど、清見にしてみれば恭介のほうが男としてずっと魅力的だ。りっぱな体躯《たいく》も都会の中では自信なさげに猫背になりがちだが、自然の中だととても凛々しい。くっきりとした目鼻立ちは初めてあったときから充分に清見を惹きつけた。でも、今はその独特の感性と人やものに対して見せる繊細な感覚がより強く清見を魅了している。

誰にでも心を許すわけではないのは清見と一緒かもしれないが、彼は懐に入れたものにはとことん向き合って一生懸命にも優しくもなれる性格なのだと思う。

少し厚めの唇が清見の体を余すところなく触れていく。手のひらが胸から脇腹を通って、やがて股間に落ちていく。

「ああ……っ、んふ……っ」

恭介の思いがけず器用な指先が清見の敏感な部分を握るたび、鼻にかかった声が漏れてしまう。セックスがこんなに気持ちいいなんて忘れかけていた。自分の性的指向を認めたばかりの頃は、夢中でそれを楽しんでいたときもある。けれど、それはしょせん捌け口でしかなかった。いっときの快楽に酔っていたこともある。ままならない人生に苛立ちを感じたときほど、そういう関係に逃避していたかもしれない。

今は自分の道を見つけて、真っ直ぐに歩いてきたと誇りを持てるようになった。そして、出会った恭介は清見から普段の冷静さを奪うほどに心を熱くしてくれる。

「あっ、そ、そこ……っ」

「ここがいいの？　感じるところをもっと教えて」

恭介が言うから、清見は彼の手を握ってゆっくり自分の好きな場所へと導いていく。カンのいい彼の手がすぐさま清見のいい場所を探り出す。同性の体でもなんの躊躇《ちゅうちょ》もない。

「こんないけないこと、どこで覚えたの？」

清見の喘《あえ》ぎ交じりの問いかけに、一度顔を上げた恭介がちょっと照れたように笑う。そうやってごまかそうとしているのがわかったから、清見も意地悪く言ってやる。

「本当は女の人のほうがいいんじゃない？」

「女の人は駄目だった……」

「そ、そうなの？」

意外な答えに少し驚いて、恭介の黒い豊かな髪を撫でてやった。駄目だったということは経験があるということだ。こんなにも容貌に恵まれ繊細な心も持ち合わせていて、誰が見ても充分に魅力的な若い男性が、女性と恋愛関係になれなかったという。

理由は聞かなくてもいい。清見自身、自分の性的指向についてその理由を深く追求したことはない。理由がわかったところで何が変わるわけでもないからだ。ただ、異性と恋愛が成立しないという事実が彼をより孤独にしているとわかったし、だからこそ清見と心が引き合ったのだと思う。

「じゃ、わたしがしてもいい？」

恭介の愛撫《あいぶ》は心地いいが、触れられているばかりでなく自分も触れてみたい。彼のものが自分の手の中で変化する様を見てみたいし感じてみたい。清見の言葉に恭介ははにかんだ笑みで応える。その表情がはじらう少年のようにも見えてたまらなく可愛らしかった。

「いやだったら言ってくださいね」

どこで覚えたのか知らないが、女性との関係を諦めて同性と体を重ねたという恭介はどんなセックスをしてきたのだろう。清見のやり方がいやでなければいいけれど、今はほしいという気持ちが止められなかった。

恭介の体をベッドに横たえてやりその上からゆっくりと自分の体を重ねる。キスをした唇で伸ばした手のあとを追うように彼の股間に顔を埋める。

「あっ、き、清見さ……んっ。んっ、ああ……っ」

体の大きさに比例して、それは予想以上のものだった。清見自身も興奮を隠せないまま、恭介のものに唇を這《は》わせると舌先で刺激を与えながら、もう夢中でくわえ込んでしまった。

溺れてはいけないと思うほどに燃える。あとで苦しむのは自分だとわかっていてもこらえきれない欲望というものがある。恭介自身の手応えに清見の心は喜びに震え、潤んだ瞳で彼を見上げた。

「ああ、駄目だ。よすぎるよ。清見さん、俺、このままだといってしまう……」

いかせてやりたい。自分の手でそれを促し、この口で受けとめてやりたい。けれど、恭介はそれをやんわりと拒んだ。やっぱりこういうやり方は好きではないのかと思ったが、若い雄は嬉しいほどに貪欲《どんよく》だった。清見の体を抱き上げると、そのまま寝返りを打って体を入れ替えてしまう。

「後ろ、いいかな?」

それは清見の中でいきたいということだ。もちろん、清見もそれを望んでいる。初めて経験したときは、苦痛のほうがずっと勝っていた行為も、回数を重ねるほどに快感に直結していった。今ではあの背中を貫くような独特の痛みが、言葉にならない官能の渦となってこの体を支配してしまうことを知っている。

逃れることのできない快感に溺れていくとき、清見は自分の中に眠っている淫靡《いんび》な性を思い知る。普段は意識することもなく封印されているものが溢れ出してきて、清見は自分が別の生き物になっていくような気さえするのだ。

「痛くない？　もう少し慣らそうか？」

恭介の二本の指が清見の後ろの窄《すぼ》まりを優しくほぐしてくれる。胸と胸を合わせた格好で横たわっていても、彼の長い腕は余裕で清見の背後に回り、そこを存分に分け開くことができるのだ。

「あっ、ああっ、んん……ぁっ」

キスの合間に感じていることを隠せず喘ぎ声を漏らす。胸の突起が触れ合うのもいい。二人の股間が擦れ合うのもいい。こんなスタイルで後ろをほぐされるのは初めてのことで、清見には何もかもが新しい刺激だった。

「ああ、もう、もう……、駄目。お願い、もう入れて」

自ら甘えるようにその言葉を口にした。恭介も限界を感じさせるほどに、反り返った股間のものが熱くなっている。

「前から入れていい？　苦しいなら後ろ向きでもいいけど……」

恭介が確認する。うつ伏せて腰を上げた格好が楽なのはわかっていても、顔が見えなければいやだ。他の男なら後ろからでいいけれど、恭介とだけは顔を見て体の最奥に彼自身を感じたい。

「前から入れて。顔を見ていたいから」

清見の言葉に恭介が嬉しそうに頬を綻ばせる。大好きなものをもらえる子どものような笑顔

は、何度見ても清見の心を蕩《とろ》けさせる。清見のミニクーパーを見たときも、木の上の小鳥を見つけたときも、自然の中で野鳥を追っているときも、どんな笑顔も彼のそれには嘘がなくて清々《すがすが》しい。

「ゆっくりやるから、辛かったら言って」

頷いたけれど、辛さも快感だと知っている。ただ、恭介のものは大きかった。そして、日本人独特の硬さと熱さがある。内壁を分けるように押し込まれるそれに、清見が呻《うめ》き声《ごえ》を上げた。

「清見さんっ」

「うう……っ、入って、入ってくるぅ。す、すごい……っ」

その重量感が本当にすごくて、思わず言葉にしてしまった。でも、恥ずかしいと思う余裕もなく、抜き差しが始まるともう淫らな喘ぎ声が止められなくなってしまう。

「あっ、ああ……っ、んぁっ、んんっ……っ」

恭介の首筋にしがみつき、その動きにおいていかれないように懸命になる。恭介もまた清見を離さないようしっかりとその腕で引き寄せてくれている。同じリズムで同じ快感を共有している。

初めてアトリエにやってきた彼が、帰り際に振り返って二階を見上げたとき、微《かす》かに清見の心がざわめいた。そして、一緒に写真展に行った帰りに抱き締められて、確かにこうなる予感を感じていたのだ。あのときに感じた恋の予感は嘘ではなかった。

清見はたった今恋に堕ちている。この身は甘い恋に溺れている。恭介の腕の中で夢を見ている。でも、これはきっと今宵《こよい》だけの夢なのだ……。

恭介が清見の体を優しい愛撫で包むようにして眠っていた。

山歩きをしてきて疲れていたあとに、こんなふうに抱き合えばもう起きていることもできなかった。少なくとも清見は疲れきってしまい、目を覚ましたのは洋服が乾燥機の中で乾いてから数時間後のことだった。

そっと恭介の腕から抜け出しベッドの上で上半身を起こすと、サイドテーブルに置いてあるデジタル時計で時間を確認した。時刻は深夜の一時近く。もう日付が変わってしまったが、今週は月曜日が祝日で恭介の会社も清見のアトリエも休日だ。

帰りたくても終電はもうない。少し迷った清見だったが、できるだけ物音を立てないようにしてベッドを下りると、キッチンへ行って冷蔵庫の中を確認してみた。以前と違いここで生活していないというので、あまり多くの食材は入っていなかった。それでも、野菜やハム、牛乳や卵などのデイリーフーズの他にもパントリーには乾物や缶詰があってどうにかなりそうだ。

きっと目を覚ましたらお腹を空《す》かせているはず。清見はあり合わせの材料で簡単なポトフを作り、クラッカーと冷蔵庫にあったチーズをカットして皿に並べておいた。山に持っていったものの食べずに持って帰ってきたリンゴがあったのでそれも切っていると、寝室から恭介が慌てて飛び出してきた。

彼はキッチンに立つ清見の姿を見るなり安堵したように、長身を折り曲げ膝に両手をついて笑った。

「よかった。まだいてくれたんだ」

そんな彼の姿に清見も笑って食事に誘う。

「ごめんなさい。勝手にキッチンと食材を使いました。お腹空いていませんか？　スープを作ってみたんですけど、食べますか？」

清見が訊くと、恭介は嬉しそうに空腹のお腹を撫でながらダイニングテーブルに着く。清見はすでに乾いていた自分のコットンパンツを穿いてシャツを羽織っているが、ボタンはきちんと留《と》めてはいない。片や恭介は寝起きで飛び出してきたところなので、Tシャツと下着のトランクスのままだ。

仕立て屋の自分が大企業の御曹司と一緒にだらしのない格好で真夜中に食卓を囲み、スープとクラッカーを食べている。なんとも奇妙な夜だった。

誰かの部屋でこういうことをするのはいつ以来だろう。パリにいた頃、一晩かぎりの関係を持った相手の部屋でこんなふうに食事の用意をして、一緒に食卓を囲むことはあった。

向こうでは他人のスペースにいることに抵抗を感じなかったような気がする。しょせん自分は行きずりの人間だという思いがあったのかもしれない。古いフランス映画に出てくる恋多き奔放な女性のように、一夜をともにした男と朝食を食べてキスで別れる。そして、もう二度と会うこともない。そんな生活が当たり前のときもあったのだ。

恭介はスープとクラッカーだけでは足りなかったようで、冷蔵庫からサラミソーセージを出し、少々ものぐさに皿の上で切り分け、パントリーにあったチップスの袋を開けていた。スーツを着て一歩外に出れば三木汽船の御曹司であっても、目の前の彼はどこにでもいる若者と変わりがない。そして、世の中は毎日がドラマや映画のような日々じゃない。老若男女、富める者もそうでない者も当たり前の日常があって当然なのだと思い出す。

ただし、そんな適当な食事であっても、テーブルの上のワインとチーズはどこにでもあるとは言えなかった。おそらく、柏木の店が仕入れているものだろう。清見が冷蔵庫から出しておいたチーズはフランスから直輸入された値の張るものだと一目でわかったし、恭介が出してきたワインもまたなかなか贅沢な一本だった。

「ああ、このワインの味は……」

清見がグラスにそそがれた赤ワインを一口飲んで、ふと呟いた。いつか飲んだことのある味に似ていると舌がぼんやり覚えていた。ボトルを見れば、ぶどうの収穫の年は違うがその銘柄は間違いなく因縁のワインだった。

自分では買えない高価なワインを飲んだのは、たった一度だけ自分の意思ではなくこの体をあずけた男との夕食の席だった。フランスはワインが水よりも安い国だ。清見の口が慣れていた安ワインとは違い、あの夜のワインはまったりと口の中で蕩けるような特徴的な味わいだった。同時に、この体で一食を得た惨めさが溶け込んでいる味でもあった。

ただ、今はこうして恭介と飲めば本当に味わい深く、簡素な食卓であっても二人を豊かな心持ちにしてくれるいいワインだと思う。

恭介は清見のそのワインに関する思い出を聞きたがったが、自分でも封印している過去は誰にも話すつもりはない。

「語るほどの思い出でもない。もう忘れてしまいました。ただ、舌が馬鹿正直に覚えていただけ……」

微かに苦笑を浮かべてみせるが、恭介は少し考えてから真面目な顔でたずねる。

「清見さんも女性は駄目なの？　いつ頃から？」

「さぁ、いつ頃だったかな。気がついたらそうだったから……」

「じゃ、恋人は？　プライベートを一緒に過ごす人はいるんですか？」

もう一口ワインを飲んで、何も答えないまま首を横に振ってみせる。

「今夜はどうして俺と一緒にいてくれたんです？」

恋人はいないし、今夜恭介と一緒に過ごしたのは彼のことを好きになったからだ。でも、それもまた恭介に正直に話すつもりはなかった。話したら後戻りできなくなってしまうから。そんな清見の頑なとも思える態度に、恭介は溜息を漏らして寂しそうに呟く。

「清見さんのことはまだまだ知らないことばかりだ」

「知らないままでいい。ただの仕立て屋なんですから」

「俺にとってはもうそれだけの存在じゃない。あなたのことはまだ何もわからないけど、俺はあなたが好きだ。この気持ちだけはどうしようもない」

その告白がどれくらい清見を幸せな気分にしてくれているか、きっと彼は気づいていない。でも、そんな幸せをくれた彼だからこそ自分から甘えるわけにはいかない。

「そんなふうに言ってもらえるのは、やっぱり嬉しいものですね。でも、わたしももう三十三です。つき合った人もいたし、助けてくれた人もいる。わたしの生まれや境遇について話しましたよね。正直、楽なことばかりではなかったし、今のアトリエを持つまでにはそれなりの経験もしてきたつもりです」

「それなりって?」

恭介がハッとしたように顔を上げて清見を凝視する。嘘ではないが、誤解されるような言い方をしたのはわざとだ。

「世の中はそんなに甘くない。恭介さんだって、お父様の跡を継ごうと決意してみて初めて経験する社会の厳しさというものがあったでしょう。ましてわたしのようになんの後ろ盾もない人間は、努力だけではどうにもならないことがあるんです。それなりの代償を払わなければならないこともある。まぁ、恥じてはいません。つまりはそういうことです」

その意味を具体的に追及しようとして、恭介が黙り込む。過去に自分が仕事を得るために体を使ったのは、後にも先にも一度きりだ。それでも、それが清見にとっての日常のように話して聞かせた。恭介がけっして清見と本気で恋愛をしようと思わないよう、きっちりと釘《くぎ》を刺しておこうとしたのだ。

今夜の甘い思い出はいい。ここまでならまだ恭介も清見自身も引き返せる。自分という人間が恭介にとって、仕立て屋以上の存在になってはならない。それは、彼の将来に影を作ってしまうから。

まだ二十七歳の若者だ。夢中になれば思いがけない力を発揮することもあるが、同時にそれは両刃《もろは》の剣となって彼を跡継ぎの責任から逃避させてしまう可能性もある。

パリにいた頃から清見を贔屓《ひいき》にしてくれた三木の恩を、けっして仇《あだ》で返すようなことになってはならない。だが、それ以上に、恭介自身が不毛な恋愛に浮かれて、大切な時間を無駄にしてほしくはない。

「だったら、どうして抱かれてくれたの？　これも清見さんにとっては仕事のうちってこと？　そんなことをしなくても、スーツをオーダーする人はいるのに？」

もちろん自分の仕立ての腕には自信があるから、そこまでは思われたくなかった。

「いくらなんでも、嫌いな人に抱かれたくはないですよ。それに、今はアトリエだって順調なんでね。誰かに資金援助をお願いする必要もないです」

「じゃ、少しでも俺のことを……」

好きでいてくれるのかと聞きたい気持ちはわかる。けれど、清見はその言葉を恭介に最後まで言わせなかった。

素早く椅子から立ち上がると、テーブルに身を乗り出して彼の唇にそっと立てた人差し指を当てる。もう何も訊かないで、言わないでという意味だった。

「そんなことよりも、恭介さんは心を砕かなければならないことがたくさんあるもの」

すると、恭介は唇を塞いだ清見の指をそっと外し、うなだれたままボソリと言った。

「でも、清見さんはそれで寂しくないの？　そうやって、誰も受け入れないままで生きていくんですか？」

胸の奥をわしづかみにされる言葉にドキッとした。そんなふうにしてこれまで寂しさを振り切って生きてきた。なのに、恭介と出会って自分の孤独に気づかされてしまった。だからといって、どうすることもできやしない。

「だって、恭介さんとわたしでは、生きている世界が違いすぎるでしょう」

清見はできるだけ落ち着いた口調でそう言った。それは彼だってわかっているはずだ。けれど、若さは現実よりも情熱が先走ってしまうものだ。それを今止めてやれるのは清見だけだった。年上の自分がその役目を果たして、彼が正しい道から外れないようにしてやらなければならないのだ。

「本当はね、お客様とプライベートで休日を過ごすことなんてないんです」

ときには休日に催されるパーティーなどに招待されることもあるが、そういうときは失礼にならない程度に参加して早々に帰宅するか、最初から花束を届けてもらい欠席の詫びをカードで送るようにしていた。

食事に誘われても、特別な事情がなければ基本的には断ることのほうが多い。仕立ての腕はあっても、客の中には「すましているのか、単なる堅物なのか」と呆れている人もいると思う。だが、それが清見の仕事に対するスタンスなのだ。

「昨日はとても楽しかった。以前に写真展に連れていってもらったときも、こういう世界もあるんだって驚いたんです。仕立てのこと以外何も知らないわたしに、恭介さんが新しい世界を見せてくれた。本当にステキな一日でした。でもね……」

そこまで言ってから清見は恭介のそばに行くと、彼の頬を両手でそっと挟むようにして一度唇を重ねる。いつものようにキスで体を重ねた男と別れる。恭介ともそれでいい。

「これは思い出でいいんです。恭介さんにはまだまだ成すべきことがあるでしょう。それで、わたしのことをカッターとして気に入ってくれているなら、これからもスーツの仕立てを依頼してもらえると嬉しいかな」

キスをした清見に手を伸ばし、恭介はその長い腕でしっかりと抱き締めてくる。

「でも、まだ行かないで。わかったけど、今夜はまだ行かないでほしい……」

わかったと言いながらも、聞き分けのない子どものような態度が可愛い。ほだされては駄目だと自分に言い聞かすのはさすがに無理だった。

「大丈夫。今夜だけは一緒にいますよ。でも、始発が出るまでね」

それから、ワインボトルとグラスと持って二人でリビングのソファに並んで座る。清見は恭介の肩に頭をのせ、恭介は清見の肩に腕を回し、ぴったりと身を寄せ合っている。

真夜中に小さな声で交わす会話は、たわいもない日々のこと。恭介の語る野鳥の話。清見のパリでの思い出。ときおり声を立てて笑い、思い出したようにキスをねだる恭介に甘い笑顔で応えてやる。

そうすると安心したようにまた最近撮った写真の話をしたり、柏木に初めて連れて行ってもらった山でのキャンプの様子なども話してくれたりする。

「子どもの頃は本当にチビで臆病だったから、ちょっとした川の前でもいちいち立《た》ち竦《すく》んでた。そのたびに柏木さんが脅かすんだ。後ろから野犬がきてるぞとか、いのししが追いかけてくるぞとかってね。で、俺はワンワン泣きながら川にざぶざぶ入ったら、案の定躓《つまず》いて昨日みたいにずぶ濡れになってさ。焚《た》き火《び》で濡れた服を乾かして、その間は鼻をたらしながらすっ裸で毛布にくるまって震えてた」

なんともトラウマになりそうな初めてのキャンプだ。ところが、恭介は毛布にくるまりながら双眼鏡で見た野鳥に夢中になったらしい。柏木の用意していたバードケーキに集まってきた鳥たちを観察しているうちに、もっとたくさんの鳥が見たいと思うようになり、二泊三日のキャンプが終わる頃にはもう次のキャンプの予定をねだっていたそうだ。

「パリでは安いワインとパンばかりの食事でしたよ。給料日のあとはデリでハムとチーズを買ってきて、それを大切に一週間持たせながら空腹をしのいだりね。新鮮な野菜がたっぷり食べられる生活が本当に贅沢だって思い知りましたね。でも、毎日が勉強で刺激的だった。目抜き通りのウィンドウのディスプレイも小さな路地にある何気ない店も、本当に美しいもので溢れている街だから」

エアコンの設定温度を上げてはいたが、明け方には少し肌寒さも感じて、いつしか二人はブランケットにくるまりながらうつらうつらしていた。

夜明けの鳥の囀りに先に目覚めたのは清見のほうだった。恭介は清見に体重をかけないよう気遣っているのか、ソファの背もたれに不自然な格好で寄りかかりながら動かない。

Tシャツ一枚で眠っている恭介は、ブランケット越しでもそのバランスのいい体躯がわかる。裸で抱き合ってみて気づいたのは、自然の中で歩き回ってきた腕や足にはそれなりに筋肉がついていること。そして、初めて採寸したときより少しだけ痩せた気がすること。

寺島に受ける跡継ぎ教育は、恭介にとって何よりも精神的な負担が大きいのだろう。物理的にはスケジュールどおり目の前のことをこなしていけばいいとしても、その延長線上にある責任について考えれば気が遠くなる思いもあるはずだ。

「これ以上痩せないようにね……」

清見が彼の肩に唇を寄せて囁くと、一緒にくるまっていたブランケットからそっと抜け出した。もう始発電車も走っている時間。恭介は車で送っていくと言っていたけれど、彼は起こさずに帰ろう。

そして、この幸せな夢は大切な思い出に変えて、明日からはまたお得意様と仕立て屋に戻ればいいと思っていた。

◆◆

夏の間に仕立てたスーツのいくつかはすでにパリへと送った。

向こうで受注した客はほとんどが過去に注文を受けている人たちなので、ジャケットのベースパターンはほぼ決まっていてそこから合わせていく。パンツは一からパターンを引くが、一任されている部分も多いのでサイズさえ合えば試着をスキップする客もいる。

だが、来週には一週間ほど試着のために渡仏の予定となっている。その前に日本で受注している仕事に目処《めど》をつけておきたかったし、恭介のスーツも仕上げてしまいたかった。

あれからも恭介からはメールが届く。以前とかわならない日常のこと、野鳥のこと、彼らしい飾りのない言葉でつづられている内容に清見は頬を緩める。清見も以前と同じように新しく仕立てたスーツのこと、来週の渡仏の予定などを短い言葉で送る。

表向きは変わらない関係のようでいて、清見はすでに一線を引いている。だから、恭介と二度目はない。それをしては駄目だとわかっている。ただ、彼を見守りたい気持ちは捨てられない。それは友人のような気持ちであり、母親にも似た気持ちであり、何よりも好きな人への純粋な気持ちだった。

実らなくてもいい。そんなことは最初から望んでいない。六つも年下で、生まれも育ちも違えば立場も違いすぎる。

何よりも恭介は清見との不毛な恋愛が許される身ではない。彼がどんなに女性が無理だと訴えても、周囲がそれを許さないだろう。彼が父親の跡を継いだように、彼もまた結婚して子どもをつくり、その子が企業を継いでいくことが半ば義務づけられているということだ。

同性愛者であるという個人的な性的指向と、公の立場での彼が求められているものは区別して考えなければならないことを、彼はどのくらい深刻に受けとめているのだろう。清見が恭介との恋愛に深く溺れれば溺れるほど、いずれは別れに泣くことになるという現実についても、きっと恭介の中の認識は甘いはず。だったら、清見は自分で自分の身を守るしかないのだ。

他の男だったら、こんなふうに早くけじめをつけてしまおうとはしていなかったかもしれない。もう少し恋の駆け引きを楽しんでみるのもよかった。でも、恭介が相手ではそれはできない。

恭介と出会い、彼と楽しい時間を過ごし、初めて経験したことがある。それは心の奥深い部分で誰かに強く惹かれるということ。すなわち、心から恋に落ちるということ。自分でも呆れてしまうけれど、三十三年間それを知らずに生きてきた。そして、その相手がよりにもよって許されない男だった。

来週パリに行けば、また初心に返ることができるかもしれない。あの頃の苦労があったから、今はこうして夢が叶って独立し、東京でアトリエを構えることもできた。受注数も年々増えてきて、抱えている借金も順調に返済している。これ以上人生で何を望むでもない。

その日はアトリエを訪ねる客の予定はなく、仕事も少しばかり前倒しで進めていたので、五時過ぎには店を出た。パリに行く前にどうしても立ち寄りたいところがあったのだ。

清見のアトリエから電車で二十分ほどの閑静な住宅街の外れにその工房はある。靴を作り続けて今年で三十年になる、杉浦《すぎうら》という職人がやっている。彼ともパリ時代に知り合った仲で、清見よりも十五以上も年上で兄のような存在でもあるが、何よりも職人同士として互いの腕を認め合う仲だ。

仕立て屋の世界も厳しいが、靴職人の世界もまた己の技術一つで生きていく厳しい世界だ。杉浦は日本で靴職人をしていた父親に学び、時代とともに機械で量産される靴には飽き足らず、己の手で一足一足魂のこもった靴を作りたいとパリに渡った男だった。

苦労したのも清見と同じ。あの頃は互いに挫けそうになると励まし合い、夢を語り合ってきた。そんな二人が今は東京でアトリエと工房を構えるようになり、交流は続いている。

清見は特別な靴は杉浦に発注するし、杉浦も大切なスーツの仕立ては清見に頼んでくれる。今回も新しいスーツに合うものをと注文してあったのだ。パリに行く前に仕上がれば履いていきたいと思っていたが、杉浦もまた多くの顧客を抱えて忙しい身だ。無理を言うつもりはなかったが、ちゃんと清見の気持ちを察してくれていたのか、昨日の午後には靴の仕上がりの連絡を受けていた。

手土産にワインと彼のフランス人の愛妻のためにボックス入りのチョコレートを買って工房に出向くと、清見はそこで思いがけない人に会った。思いがけないとはいえ、よく知っている人物だ。ただ、彼がこの工房の客だとは知らなかっただけだった。

「寺島さんはここ数年うちで作ってくれているよ。言ってなかったっけ？」

工房で鉢合わせして挨拶をする寺島と清見を見て、杉浦がいまさらのように言う。だが、それはまったくの初耳だった。

自分たちの客から「いい靴屋はないか？」「いい仕立て屋はいないか？」と聞かれれば、それぞれの店を教えることもあるが、そうでないかぎり何かきっかけでもなければ顧客についてわざわざ話題にすることもない。

「この歳になって、いい靴の価値を思い知りましてね。何しろ、わたしの仕事はとにかく歩くものですから……」

寺島が照れたように言うのも無理はない。杉浦の靴は個人の足型から靴を作るので、安い値段ではない。三木汽船の社長秘書といっても、サラリーマンの給料だ。ただし、彼は家族を持たないので、こういうところに金をかけることに意味を見出《みいだ》しているのだろう。

それに、この工房で作った靴は何度でも修理をしてくれるし、手入れをして履けば驚くほど寿命が長い。けっして損をする買い物ではないはずだ。

彼の言うように、秘書という仕事は思いのほか歩き回るらしい。スーツは社長のように仕立てる贅沢はしなくても、足元だけは歳を重ねるほどにいいものを履くことにしたのも納得できる話だった。

杉浦が寺島の靴の細かい修整をしている間、清見は彼と工房の待合の椅子に座り世間話をしていた。だが、話題はどうしても三木汽船のことになるし、恭介のことになってしまう。

「きょ……、社長のご子息はその後どうですか?」

恭介の名前を言いそうになって、慌てて言い直した。寺島は恭介と清見の個人的なつき合いをどこまで知っているかわからない。写真展に行ったときは寺島に食事をする店を教えてもらったと言っていたが、清見と出かけたと聞いているかどうかも定かではない。

ところが、清見が素知らぬ顔で恭介の近況を社交辞令的にたずねたのに対し、寺島は真面目な顔でこちらに向いたかと思うと、おもむろに頭を下げる。

「河原さんにはお礼を申し上げたいと思っていたんです。スーツを早めに仕上げてくださっているようで、ありがとうございます」

「お世話になっている三木社長のご子息のものですから」

「それだけではなくて、恭介さんをずいぶん励ましてくれているそうですね」

「あっ、いえ、そういうわけでは……」

清見はあの日の夜のことを思い出して、少しばかり後ろめたい気持ちになっていた。だが、寺島の言葉にはいっさいの嫌味《いやみ》は感じられない。

「本当はわたしが彼の一番の相談相手であるべきなんですが、なかなか立場上難しいものがありまして」

その気持ちはよくわかる。寺島は家庭を持たないままこの年齢になったから、社長にはそれは献身的に尽くしているし、恭介のことも半ば自分の息子のように案じているのだと思う。だが、彼はあくまでも社長の秘書であり、恭介にとってはお目付け役であり現場の教育者なのだ。

甘やかすばかりでは三木汽船と恭介の将来のためにならない。それでも、心が挫けそうになることは多々あるだろう恭介を清見が励ましていることは、ちゃんと各方面から耳にしているというのだ。

各方面という言い方をしたが、要するに恭介本人と三木と柏木からということらしい。恭介は父親に清見のことをよく話しているようで、また近頃は会長職となり日本に滞在している時間が多くなった柏木にも連絡を取るようになったのだろう。

「柏木会長もうちの社長も、河原さんの仕事に対する真摯《しんし》な姿勢には一目置いていますからね。恭介さんにはあなたの生き方そのものを学んでもらいたいという思いがあるのだと思います。また、恭介さんにしても、わたしから言われるのと河原さんから言われるのでは響き方が違うんでしょうね」

そこまで言われると、清見もさすがに面映《おもはゆ》い心持になってしまう。だが、謙遜《けんそん》の言葉も下手に口にすれば人品を下げることを知っているので、小さく頬を緩めただけだった。

「ご本人も自覚されて、懸命に頑張っていらっしゃるんでしょう」

「わたしもそう思います。世間では好き勝手をしてきたわがままな御曹司と思われているかもしれませんが、恭介さんは中途半端な気持ちで跡を継ぐと決めたわけじゃありません。それは幼少の頃から彼を見ていますからわかっているつもりです。ただ、周りの状況があまりにも厳しい。よりにもよってこんなときに引継ぎを始めることは社長も考えておられなかった……」

清見はハッとすると同時に、以前一緒に写真展に行ったときに恭介が話していた言葉を思い出していた。

『はっきり言って、海運会社の経営は厳しい時代です。祖父や父親が若かった頃とは違う。そんなときによりにもよってボンクラの三代目が継ぐなんて話は、世間から見ればまさに船が沈む前兆のようなものだ。船底の賢いネズミならさっさと逃げ出しますよ』

あのときは、恭介がいささか大げさに自分を卑下して言った言葉だと思っていた。だが、寺島の顔を見ればそうではなかったのかもしれない。経済界のことに特別明るいわけではないが、客層が客層なので一般的な時事問題や政財界の動きくらいは把握しておくようにしている。

ただし、海運会社の具体的な問題について、理解しているわけではなかった。

「恭介さんは大丈夫でしょうか?」

清見は思わず彼の名前を口にしていた。一瞬口を噤《つぐ》みそうになったが、もういまさらだ。寺島もそれを気にするでもなく、すっかり他のことに心を奪われている様子で重い溜息を一つ漏らす。

「社長がお元気で現場にいてくださったらとも思いますが、そればかりが問題でも……」

言いかけた言葉を呑み込んだ寺島は、ふと我に返ったように苦笑を浮かべて小さく頭を下げる。

「いやいや、失礼しました。普段とは違う場所で会ったものですから、ついよけいなことを話してしまいました。どうか忘れてください」

清見にしてみれば恭介のことが心配で、できることならもっと寺島から話を聞きたかった。

だが、一度閉じられた彼の口は堅く、またそのとき杉浦が靴の修整を終えて履いてみるようにと寺島に持ってきたので、会話はそこまでとなった。

寺島が注文していたのは黒革のプレーントゥで、シンプルなだけに革の品質がものをいう。杉浦の仕上げは見事なもので、Vフロントのデザインはビジネスシーンでも少しフォーマルな場所にも充分対応できる。

秘書の寺島はビジネスの場ばかりでなく、社長や恭介に付き添いパーティーなどにも顔を出す必要もあるはずだ。この靴ならどんな集まりでも問題なく履いていけるだろう。

寺島も大いに気に入った様子で、カードで支払いをしてから清見にも丁寧に挨拶をして帰っていった。

「あの人はなかなかの紳士だねぇ。いぶし銀の日本のビジネスマンって感じだ」

杉浦が寺島のことをそう表現した。職人は寡黙なタイプが多いのだが、杉浦の場合はなかなか饒舌《じょうぜつ》で明るい性格だ。清見は彼と話しているとその独特の言葉のチョイスで、大きく頷いたり含み笑いをしたりで忙しい。

だが、一度工房の作業用の椅子に座ると、その目は厳しい職人のものになる。同じ職人同士だからこそ通じ合うものがある。そんな彼が清見のために作った靴を出してきた。

「さぁ、パリに履いて行きなよ。あの小憎たらしい石畳だって軽快に歩ける一足だ」

今回注文したのはホールカットタイプの靴。靴底以外の部分に継ぎ目がなく、アッパーから一枚革で覆うデザインだ。見た目はドレッシーだが、杉浦の靴はそれだけではない。抜群に歩きやすいのだ。ヨーロッパの石畳に耐えうるだけの踵の頑強さと、足に負担をかけない革のしなやかさが共存しているまさに芸術品だった。

渡仏に間に合ったことに礼を言い、清見もまた支払いをして杉浦にパリ土産を買ってくる約束をすると店を出た。新しい靴を手に入れた日は気分がいいものだ。自分の持っているスーツとのコーディネイトを考えたりして、新しいネクタイの一本も買いたくなる。

だが、その日ばかりはそう浮かれた気分でもなかった。さっき聞いた寺島の話が気になっていた。恭介は大丈夫だろうか。

彼が日々努力して、少しでも父親の支えとなれるよう頑張っていることはわかっている。その覚悟が中途半端なものでないことも知っている。けれど、寺島の言うように周囲の状況の厳しさというものが、どのくらいの深刻さで彼に迫っているのかが清見にはわからない。

恭介からのメールは変わらず届いているけれど、彼は厳しいことは厳しい、辛いことは辛いと正直に認めるものの、だからもう駄目だと投げ出すような言葉はけっして吐かない。その選択だけはないと本人もわかっているのだ。

それだけに、彼が追い詰められていないか心配だった。また背中を少し丸めて、疲れた顔でいるのだろうか。あの日からまた休日に、野鳥観察に出かけて気晴らしができただろうか。

こんな自分でもかまわないのなら、恭介の背中をそっと撫でてやりたい。また痩せてしまっているかもしれない体をしっかりと抱き締めてやりたい。せつない気持ちが募るほど会いたくて仕方がなくなる。でも、今の彼はそんな時間の余裕もないのだろう。結局、清見は仕立て屋として、出来上がったスーツを彼が取りにやってくるときを待つことしかできないのだ。

パリでの仕事を終えて帰国すると、日本にもわずかに秋の気配が感じられた。まずは約束どおり杉浦のところへパリ土産を持っていった。見た目は頑固そうな日本の職人という風情の杉浦だが、食の好みは案外洋風なのだ。特にワインに合うテリーヌには目がなくて、今回も缶詰のテリーヌを何種類か買い込んできた。

「いやぁ、嬉しいね。これでまたワインが進むなぁ」

両手一杯の缶詰を抱えながらホクホク顔をされると、清見も重い荷物を持ってきた甲斐《かい》があるというものだ。だが、今日はそんな杉浦の喜ぶ顔を見たいばかりではなかった。

「あれから寺島さんはきていますか?」

「いや、今のところ新しい注文や修理は入ってないな」

テリーヌの缶詰を工房のカウンターに積み上げながら言った杉浦だが、ふと思い出したようにちょっと深刻な顔つきになる。

「何か……?」

「いや、『三木汽船』だろ。寺島さんの勤めてんのは。社長や息子は清見のところでスーツの注文を出しているんだよな?」

どうしてそんなことをいまさらのように確認するのかと思えば、杉浦が客からちょっと不穏な噂《うわさ》を耳にしたというのだ。それも、まさに三木汽船に関する話で、つい最近寺島の靴を作ったばかりだったので気にかかったらしい。

「なんでも、経営がちょっと危ないんじゃないかって話でさ。まぁ、あくまでも噂話だけどな」

それでもいいから教えてほしいと清見が頼むと、杉浦は何度も信憑性《しんぴょうせい》はないからオフレコだと念押しをして、自分が聞いたことを話してくれた。

社長の三木が自宅療養中で不在の今、三木汽船の中で内紛が起こっているらしいというのだ。恭介は現在のところ肩書きはないものの、寺島の補佐を受けて取締役会などには列席しているという。もちろん、社長の名代としての発言権も持っているが、それをおもしろく思っていない一部の重役連中がいるらしい。

その連中が三木汽船の経営権を以前からM&Aを仕掛けてきている東アジアの海運会社に譲り、現社長や恭介を会社から追い出したのち、自分たちが日本での現地法人会社のトップとなることを画策しているというのだ。

恭介だけでなく、取締役の中には三木の血縁の者も何人かいる。だが、その彼らも必ずしも恭介の味方になってくれているわけではないようだ。話を聞いているうちに、先日の寺島の苦悩の表情が清見の脳裏を過ぎった。

今の恭介にとって全面的に信頼できるのは、もしかしたら寺島だけなのかもしれない。だとしたら、四面楚歌《しめんそか》の状況にさぞかし不安が募っているのではないだろうか。

清見がパリにいる間も帰国してからも、恭介のメールは届いているがそんな話は一言も触れられていない。いつもどおりの内容で、昨日はオフィスのそばの街路樹にいたクロツグミの写真が添付されていた。山岳ではよく見られるが、市街地では珍しい鳥らしい。

そして、今朝のメールでは、今日から連日社内会議があって忙しくなりそうだという近況報告のあとに、『ときどき無性にあなたに会いたくなります』という一文があった。

たった一晩だけ二人で過ごした夜がある。それを恋にしてはいけないと清見が拒んだ。それでも、恭介は清見との関係を完全に断ち切ることはしなかった。もちろん、清見から切ることはできない。彼はアトリエの大切な顧客なのだ。この曖昧な関係を知っているのは二人だけ。きっと寺島も柏木もそこまでのことは気づいていないはず。

（無性に会いたくなるか……）

恭介のメールを思い出し、心の中で呟く。清見のほうこそどれほど恭介に会いたいと思っているか、パリにいる間にしみじみと実感した。修業時代で最も苦しかったパリの街を歩きながら、今は恭介が同じように苦しいときを過ごしているのだと思っていた。

清見はただ自分の夢を追っていただけだ。けれど、恭介は違う。自分の夢ではないけれど、自分が背負わなければならない運命に苦しんでいる。あの頃の自分はそばにいて、慰め励まし支えてくれる人が心からほしかった。

パリで知り合った人の中には心を許せる友人もいなかったわけではない。杉浦もそんな一人だが、同じ職人の修業をする身として弱音を吐いているところを見せたくはないという意地もあった。手放しで甘えられ、傷ついたときは慰めてくれて、明日になればきっといいことがあると笑顔で励ましてくれる人がいればどんなに嬉しかっただろう。挫けそうな心がどれほど癒されただろう。

日本に電話して家族と話して元気になったという人が羨ましかった。清見には世界のどこにも弱い自分を吐き出せる相手はいなかったのだ。

だから、自分が恭介にとってそんな存在になれればいいと思う。せめて友人という名のもとに彼を励ましてやれないだろうか。ただし、それ以上はどんなに望まれてもできないし、してはいけないのだとまた自分に言い聞かせなければならなかった。今度一線を越えれば、きっと引き返せなくなる。清見は身を捩《よじ》るほどのもどかしさを感じながらも、どうすることもできない。

「まぁ、噂だ。噂。それに、客のことは俺たちがあれこれ案じたところでどうなるもんでもない。注文されたら最高のもんを作ってやるだけだよ」

杉浦の言っていることはもっともだ。清見もずっとこれまではそんなふうに割り切って仕事をしてきた。スーツ作りに妥協はしないが、客のプライベートにはけっして立ち入ることはない。それまで羽振りよく注文してくれた客がしばらく音沙汰がないと思うと、新聞で経営していた企業が会社更生法の手続きに入ったというニュースを見ることもある。

だからといって、一介の靴職人や仕立て屋が何をできるでもなく、彼らの身を案じることさえおこがましいといえばそうなのだ。

ただ、清見にとって恭介はただの客ではない。どんなに大人の素振りでこれ以上の深い関係を拒み続けていても、彼のことを案じる気持ちは止められない。それは好きだという気持ちを止められないのと同じなのだ。

あの幼い日、家の鍵を忘れてアパートの玄関の前で待っていたとき、降り出した雪は都内だというのに見る見る積もっていった。あの白い雪と同じように心の中に降り積もる恭介への愛しさ。

杉浦の工房を出て自宅へ帰る道すがら、清見は恭介にメールを打とうかと思った。けれどしなかった。できなかった。張り裂けそうな心を文字にしたら、好きという言葉を打たずにはいられないと思ったからだ。

◆◆

パリから帰国しても日常は変わらない。清見は翌日からアトリエでいつもどおり仕事をしている。時差ボケなど感じている暇もないくらい忙しいのだ。パリで試着ののち修整が必要になったものが何着かあった。主に依頼主の体型が変わってしまったケースだが、幸いどれも細かい修整だった。

だが、どうしても断れない注文がまたいくつか入った。期限こそ厳密に定められていないが、あまり待たせたくはない。冬物ならあと二ヵ月以内には仕上げてパリに送るように手配をしたいところだ。

今年の夏は忙しいわりに仕事が順調に進んでいたのがせめてもの救いだった。恭介のスーツももうすべて仕上げて揃えている。送ってもいいのだが、近いうちに受け取りにいくという連絡が寺島から入っていたのでアトリエのワードローブの中に吊るしてある。

そして、パリから戻って数日後のことだった。朝はペストリーやブリオッシュのような甘みのあるパンとコーヒーで済ますことが多い。そのとき、テレビではケーブルチャンネルのワールドニュースを流しながら、ダイニングテーブルで新聞を広げて必ず目を通す。

中にはアトリエの顧客にかかわるニュースが載っているときもある。今日でなくても近日中に採寸や試着を行う際、話題にでもなったら「知らない」とは言えないからだ。

今朝もワールドニュースを聞き流しながら新聞を読んでいると、いきなり「三木汽船」の文字が飛び込んできた。思わず吸い寄せられるように記事を読むと、杉浦が話してくれた例のM&Aの件だった。これまでは業界内の噂だったものが、いよいよ舞台の上にあがり交渉が始まったということらしい。

記事の内容によれば、三木汽船はけっして経営状態が悪いわけではない。だが、昨今の不況の波に押されがちなのはどの海運会社も同じで、中には淘汰《とうた》されていく会社もある。中堅どころが合併してより強固な母体を作っていくことはよくある話だが、それは三木汽船のような大手についても例外ではなかった。

M&Aのすべてのケースが悪い結果を生むとはかぎらない。だが、今回はどう考えても三木汽船にとって有利な条件ではない。合弁を持ちかけている会社は東アジアで一位のシェアを誇っている。向こうの希望的条件が実質押しつけられていて、三木汽船がそれを受け入れるか否かの選択を迫られている状況らしい。

明日から本格的なトップ会談が始まるとのことだが、当然のことながら一度の話し合いでまとまるものではない。今後長く厳しい交渉を重ねていって、最終的にどういう結論が出るのかは現在のところあくまでも予測の範疇《はんちゅう》を超えていない。

そんな新聞記事を読んだ日の夕刻、アトリエには寺島が一人でやってきた。恭介のためのスーツを受け取りにきたのだ。本当なら初めての仕立てなので、本人にもう一度試着をしてもらいたいところだった。だが、今の恭介にはそんな時間の余裕はないようだ。

きっとこの仕立てたばかりのスーツも恭介の取締役就任の挨拶のためではなく、例の交渉の場に出向くために着用されるのだろう。

「素晴らしいですね。どれもいい仕上がりです。ありがとうございます」

寺島は現在の三木汽船の危機的な状況について何も語ることなく、ただスーツの仕上がりだけを確認しそれらを引き取っていった。いくつもの箱を隣の駐車場に停めた車に運び込むのを清見も手伝った。そのとき、差し出がましいとは思いながらも会社のことと恭介の様子を訊かずにはいられなかった。

寺島もまた連日の社内会議で疲れが溜まっているのだろう。いつもに比べて力のない笑みとともに小さな吐息を漏らしていた。

「なんだかご心配をおかけしているようで申し訳ないですね。でも、『三木汽船』に何があろうと、わたしは三木社長と運命をともにすると決めていますから。そして、これからも恭介さんを支えていく心積もりに変わりはありません。わたしが言えるのはそれだけです」

寺島の言葉に清見は何も言えなかった。言える立場ではないとわかっているからだが、同時に寺島のどこか悲愴《ひそう》なまでの決意には、言葉を差し挟む余地など微塵《みじん》もなかったのだ。

それはまさに「揺らぎのない人間」だと思った。恭介が清見に、そういう人に会えば自分に自信のない人間は誰でも臆するのではないかと言った。

清見は少なくとも自分の生き方に自信がないわけではない。信じた道を迷わず歩いてきた自負はある。それでも、寺島の言葉を聞いたとき体の芯が震えるのを感じた。

人はどんな逆境でも苦境でも、気持一つでこんなにも強くなれるのだ。寺島のそれは三木への献身と会社への忠義で成り立っているのだろう。恭介は今何で自分を奮い立たせているのだろう。

この数日、恭介からのメールはない。清見の中で彼を案じる気持ちはもう、自分自身の身が引き裂かれそうなくらい膨《ふく》れ上がっていた。

恭介からのメールが途絶えて一週間以上が過ぎていた。

近頃は毎朝の新聞を目を皿のようにして見ているが、その後三木汽船のM&Aに関する記事はない。おそらく現在は水面下で激しい攻防が繰り広げられているのだろう。

清見のほうから恭介や寺島に連絡を取ることはできない。だったら、柏木に連絡をしてその状況を聞いてみようかと思ったりもした。だが、それも出すぎた真似だと言われれば返す言葉もないだろう。

自分が一介の仕立て屋であることをこれほどもどかしく感じたことはない。だからといって、それ以外の何ものにもなりたくはなかったし、なれなかった自分なのだ。今はひたすらなんらかの情報が入るのを待っているしかなかった。

何か悩み事や考え事があるときほど清見は仕事に没頭する。そうすることで精神が集中できて、一息ついた瞬間に目の前が開けたように探していた答えが出るときがある。昨日からずっと清見がやっているのは、ジャケットの襟につける装飾用のボタンホールで、「ブートニエール」という部分の手縫いだ。

主に礼装のときに花を挿すための穴だが、この部分は手縫いの技術が一番よくわかる。いわゆるオーダーメードの結晶と呼んでもいい部分だ。

針を一刺し一刺し進めながら何時間も集中していたが、肩の凝りを感じて顔を上げたらアトリエの窓の外はすっかり暗くなっていた。時計を見ればすでに十時過ぎている。いくらなんでも根を詰めすぎた。そして、どんなに作業に集中しても、今の清見の心が晴れることはない。

自分自身の悩みなら、自分で解決方法を見出せばいい。たとえ失敗しても後悔が残らないように生きていくことはできる。だが、恭介のことをいくら案じてもどうすることもできやしないのだ。

アトリエの片付けをして、道具類をすべて決まった場所に収納する。針一本でも失くすようなことはない。アトリエ内のものはきっちりと管理して、帰宅前には何一つワークデスクの上に出ていないようにする。そして、翌朝はまた新しい気持ちで仕事に向かうのもパリ時代の師匠に習ったことだ。

あとは戸締りをして、最後にスケジュール帳で明日の予定をもう一度確認したら帰宅しよう。食欲もないし、部屋には先日パリから持ち帰ったばかりのワインとチーズがあるから、あとは果物くらいで充分だ。

清見が窓の鍵を確かめにいったときだった。何気なくブラインドの隙間から表を眺める。この時間になるとめっきり人通りが少なくなる道だが、道路を挟んだ向かい側の歩道に人影があった。少し離れたところの街灯が照らしているのは長身のシルエットだ。

「え……っ？」

前にも一度こんなことがなかっただろうか。休日に一緒に山に出かけた朝、予定よりもずっと早くやってきた恭介が店の前で所在なさそうに立っていた。でも、今日はもう夜の十時で、彼は今とても難しい問題に直面しているはず。

それでも、あの影は間違いない。そして、清見の脳裏にはメールの文字が浮かぶ。

『ときどき無性にあなたに会いたくなります』

次の瞬間、清見は二階から駆け下りて店の玄関ドアを開き、夢中で駆け出していた。道の向こうからは車道を渡ってやってくる恭介の姿があった。彼は清見の姿を見るなり名前を呼ぶ。

「清見さんっ」

久しぶりに聞いた声がこんなにも懐かしい。歩道のこちら側で待って彼が駆け寄ってくるなり、その腕を引いて店の中へと連れて入る。

「清見さん、あの、俺……」

何か言いかけているのを無視してドアを閉めると、札を「Closed」に返し勢いよくブラインドを下ろした。そして、あらためて恭介と向き合ってその顔を見つめる。

「まだいるとは……」

思わなかったと彼が言う前に、清見は夢中で首筋に抱きついていった。あれからさらに痩せてしまったことを両手で感じながら、自ら唇を重ねていく。

「んっ、んん……っ」

小さく呻いていたが、恭介もまたすぐに両腕を清見の体に回して強く抱き締めてくる。そして、今度は恭介のほうから清見の唇を塞ぎ、その舌が口腔《こうこう》を探るように動き回る。

「あっ、ああ……っ」

甘い吐息が漏れては唇が重なる。何度も何度も繰り返して、互いの腕はそれぞれの背中や胸や首筋やうなじを這う。恋しくて愛しかった男だ。

溺れては駄目だとあれほど自分に言い聞かせ、しっかりと一線を引いたつもりだった。あの夜は思い出でいいと言ったのは自分だった。自分の過去についてわざと誤解を招くような嘘までついて、大人のふりで逃げたのだ。でも、自分の心に嘘をつくことはできなかった。

「会いたかった。清見さん、すごく会いたくて、我慢できなくてきてしまった」

「わたしも会いたかった。恭介さんに会いたかった」

「本当に？　パリに行ってたんでしょう？　向こうでも俺のこと思い出してくれた？」

「ずっと考えていたよ。ずっと、ずっとね……」

清見の体はアトリエの受付の廊下の壁に押しつけられて、恭介の手がネクタイを解く。拒むどころか、清見の手もまた恭介のジャケットの前を開いていた。見覚えのありすぎるジャケットは清見が仕立てて、先日寺島に手渡したもの。

採寸直後に想像したとおり、自分の仕立てたスーツを身につけた恭介はとてもステキだ。そのスーツを自分の手で脱がし彼の胸に触れたとき、恭介の手は清見の股間に伸びていた。

「俺、あの夜はものわかりのいいふりをした。あなたに子どもだと思われたくなかったし、嫌われたくなかったから。でも、駄目だよ。諦められるわけがない。あれっきりなんて無理だ。こんなにも好きなんだ」

泣きそうに弱々しい声で言う恭介に、清見もまた込み上げてくる思いを抑えることはできなかった。

「大人のふりをしたのはわたしも同じ。そうでもしなければ、恭介さんへの思いに溺れてしまいそうで怖かったから」

「本当に？　じゃ、清見さんも俺のことを……？」

「好き……」

吐息交じりにそう呟いた。清見の精一杯の告白だった。

その途端、恭介の苦しそうだった顔が綻んだ。と同時に、高ぶる気持ちが弾けてしまう。

「ほしいっ。すごく、ほしいっ」

「あっ、そんな……、ここじゃ……っ」

アトリエの玄関ドアにはブラインドが下ろされているが、すぐ向こうは外だ。いつ人が通るかもわからない。ちょっと大きな声を出せば聞こえてしまうかもしれない。それにこんな場所でどうやって抱き合えばいいのだろう。

戸惑う清見だったが、性急な恭介の腕で簡単に体を返されて壁に向かって立たされて両手をついた。

「ごめん、清見さん。でも、我慢できないんだ……っ」

本当に切羽詰まったその声が清見の心をかきむしる。そして、体の奥に押し込めていた欲情を解き放つ。気がつけばベルトを引き抜かれ、前を開かれてズボンと下着が膝まで下ろされている。なんて淫らな真似をしているんだろうと思えば思うほど、妖《あや》しい欲望が煽《あお》られる。

前に回った恭介の手が清見自身を擦り上げる。うなじには恭介の唇が押しつけられる。熱い吐息が清見の襟足の髪を揺らす。

「あっ、きょ、恭介さ……んっ、恭介……っ」

「清見さんもいい？　感じてる？　前がすごく濡れている。ああ……っ、どうしよう。もう入れたいっ、入れたいっ」

前は感じていればすぐに反応するけれど、後ろはさすがにきつい。それでも、ここで冷静になって場所を変える余裕もない。逸《はや》る気持ちは清見も同じなのだ。恭介は自分の指先を嘗《な》めて、それで清見の後ろの窄《すぼ》まりを探る。

「あっ、ああ、うう……っ」

「ごめん。きついよね。ごめん……」

そう言いながらも恭介は愛撫の手を止めない。やがて、しばらく後ろの窄まりを解していた手が離れたかと思うと、背後で恭介が自分自身を取り出しコンドームをつけたのが気配でわかった。そんなものを持っていたことを笑う気も呆れる気もない。今は恭介を受け入れることだけで身も心も支配されているから。

「うっ、んぁ……っ」

清見が短く呻いたとき、恭介自身がコンドームの潤滑剤だけで強引に入ってきた。同時に、恭介は何度も謝る。無理をさせている清見の痛みを思ってのことだろう。

これまで味わってきた背筋を震わせるような痛みとは違う。もっと強烈でいて、そのくせその痛みを完全に凌駕《りょうが》するだけの快感が突き上げてくる。

頭を振って喘ぎ声を上げる。アトリエで不埒《ふらち》な真似をしていることも、恭介とは二度と一線を越えまいと思っていたことも、こんな無茶《むちゃ》なセックスもすべての事情が清見を燃え立たせる。

「ああ、いいいっ。このまま、もっと。もっと突いて。もっと奥まで……っ」

淫らに欲しがる自分を止められず、両手を握っては強く壁に押しつける。清見の望みどおり、恭介はこんな不自由な格好でも激しい抜き差しで奥の奥まで突き上げて、そこで己の精を放った。清見もまた握られていた恭介の手の中に熱を放ち、やがて二人は荒い息のまま崩れ落ちるように廊下に座り込んだ。

それでもまだ興奮は醒《さ》めない。何度でもほしい。どれだけ貪《むさぼ》っても足りない気がする。恋がこんなにも自分を狂わせるものだなんて思わなかった。けれど、自分を見失いながらも、この瞬間が手放せないのだ。

「清見さん、よかった……」

しばらく夢中でキスをして、互いの温もりを貪り合ったあと、恭介が清見の体を抱き締めたまま耳元で囁く。清見も何度も頷いて、自分がどれほど夢中になってしまったか認めることしかできなかった。たった一度体を重ねた夜から、こらえ続けてきた互いの思いが溢れ出してしまったのだ。

大きく呼吸をしてから恭介の顔を真っ直ぐに見つめる。

「ずっと心配していたんだ。寺島さんも辛そうだった。でも、何をしてあげられるわけでもな

くて、そんな自分が歯がゆかった」

「そんなふうに思っていてくれただけで、もう充分だ。会いにきてよかった。あなたがいないと、俺は駄目だから……」

恭介の言葉を聞いて、もう自分は運命から逃れることはできないのだと思った。

◆◆

三木汽船の厳しい状況は経済新聞で報道されているかぎり、素人の清見でも充分理解ができる。だが、渦中にいる恭介にしてみれば、厳しいと嘆いたり愚痴ったりしたところでどうなるものでもない。

若輩とはいえ、恭介がこの数ヵ月の間に寺島から学んだことは数かぎりないのだろう。初めてアトリエを訪ねてきたときとは落ち着きが違う。柏木は企業人としての恭介は未知数だと言っていたが、彼はあの三木浩介の息子なのだ。少なからず経営の素養もあるのだろうが、それ以前の人として幅が思いがけず広かった。

ただ、いつも誰に対してもそんなふうに懐を広く開いているわけではない。必要とあらばどこまでも現実を受け入れる精神的しなやかさがあるということだ。

ここ連日、新聞は日本の大手の海運会社である三木汽船と東アジアの海運会社の合弁に関する記事を大なり小なり掲載している。そして、恭介はどんなに多忙であっても、一日の終わりに電話をくれる。長く話すことはないけれど、声を聞けるだけでも嬉しいし、少しだけでも安心する。

『正直、現在の状況はちょっと苦しいかな。でも、どうなろうと最後までやるしかない。親父の意向をきちんと伝えられる人間は俺しかいないから』

本当なら跡を継ぐかどうかもわからなかったのだ。父親が突然倒れたことで決断を迫られ、彼自身が充分に悩んだ結果選んだ道には違いない。それでも、今この時期にこんな大きな問題が降りかかってくるなんて、運命はあまりにも恭介に対して過酷だ。

清見がそのことを残念そうに口にしても、恭介はそうでもないと言う。

『いつ起きても不思議ではなかったんだ。親父が倒れたこのタイミングで仕掛けてきたのは、M&Aでは常套手段《じょうとうしゅだん》の一つだ』

どんな世界でも狙っている相手の弱味《よわみ》は見逃さないということだ。

現在の三木汽船はこの数年というもの収益の減少を避けられずにきている。だが、母体はまだまだ強い。相手の海運会社にしてみれば、三木汽船を取り込んでアジアに置けるシェア一位に躍り出ることは、起こり得るマイナス部分を背負ってもなお十二分に魅力のある話なのだ。

『若輩者の俺では対応しきれないと読んでいるのはわかっている。だが、敵は外にばかりいるわけじゃないのが厳しいところでね。恥ずかしい話だけど、同族会社では往々にしてある問題だ』

もちろん、あまり詳しい内部事情は話せないのだろうが、淡々と現実を語る。寺島も少しだけ触れていたことだが、三木汽船の取締役の数人は三木の一族から出ている。彼らにしてみれば、二十七になっても入社しなかった恭介がいまさら跡を継ぐとは思ってもみず、社長の座をいきなり目の前でさらわれてしまったようなものだ。

『俺がもう少し早く決心して、会社にかかわっていたらと思うときはある』

後悔を口にしても仕方がないとわかっている彼も、いつしかそんな言葉が出るようになっていた。寺島という心強い味方がいても、外の敵と内の敵の双方と戦わなければならないのは恭介本人なのだ。

「何があっても、どういう結果になっても、わたしはこのアトリエで恭介さんを待っていますから……」

日々追い詰められていく恭介の状況を見ていると、清見の心も苦しい。会えずにいる日々で、彼に言える言葉はあまりにも消極的なものでしかなかった。恭介はそれだけでとても勇気づけられるし、一人ではないと思えると言ってくれる。

待つだけの身は辛い。今の清見は、あの雪の日に母親の帰宅を待つ心細さそのままに震えていた。

その日は一ヶ月ぶりに来日した李の滞在先のホテルに、仕立て上げたスーツを納品にいった。アジアを代表するコングロマリットのトップとして世界中を飛び回っている李だが、日本は彼にとって第二の故郷のような場所なので、比較的リラックスして過ごしているようだ。

清見が彼の秘書に案内されると、スイートのリビングで香港の新聞と日本の新聞、それといくつかの業界誌を読み比べながらお茶をしている最中だった。

「普段は新聞を読む暇もないんだよ。香港にいれば、分刻みで人に会っている日もあるくらいでね」

実権を握るトップというのはそういうものなのだろう。新聞や経済誌にのんびり目を通す間もなく、彼らの耳には最新のニュースが次から次へと耳に入ってくるものなのだ。

清見が持ってきたスーツの箱を開き出来上がりに不具合がないか試着をしてもらおうとすると、李はまずは一緒にお茶でも飲もうと誘う。

柏木のところでもそうだが、先方にうかがったときはこれも営業のうちだ。清見は礼を言って李の向かいに座り、給仕が差し出すティーカップを受け取った。

「世の中は毎日めまぐるしく動いているというのに、渦中にいるとそれが止まっているように見える。不思議なものだな」

広東語《カントンご》の新聞に英字新聞、日本の経済新聞など読みながら、世界で活躍する一握りの人間しか言えないようなセリフをさらっと口にする。

彼が不思議ということは、往々にしてそれを彼自身が引き起こしている。渦中にいても、めまぐるしく世の中を回している側と回されている側がいるということだ。そして、恭介は今まさに回されている側にいる。

「難しいことはわかりませんが、李様の周囲は不思議なことばかりで、すでにそれが日常なんでしょうね」

「そのとおりだ。ほら、どの記事にも見慣れた文字が並んでいる。増資、改革、合併、買収、倒産。当事者は大騒ぎだが、ニュースになってみればお決まりの諸々《もろもろ》だ」

驚くほど単純に、複雑な世界経済を切り捨てる。だが、そのとき清見がハッとしたのは、彼が読んでいる経済誌のそばにあった日本の業界新聞のとある記事のせいだった。

『三木汽船が関連会社の全保有株を売却か?』

東アジアの海運会社は、三木汽船に対して例のM&Aを強硬に進めてきているという内容だ。じっとその記事に視線を落としていると、李がそんな清見の様子に気づいた。

「何か気になる記事でも?」

「あっ、い、いえ……」

慌てて新聞から顔を上げたが、李の目はもうおもしろいものを見つけたように輝いていた。彼の洞察力の前では清見がどんなにごまかそうとしても、子どもが下手な嘘をつくようなものだ。

「さて、君が興味を持った記事はどれかな?」

しまったと思ったときはいつも遅い。李は楽しそうにその記事を探しながらお茶のお代わりを飲んでいる。隠したところで仕方がない。言い当てられて慌てるほうが、よっぽど彼に隙を見せてしまうことになると思った。

「李様は三木汽船のことについて、何かご存知ですか?」

清見は自分からたずねた。李は自分が当てるつもりだった答えを先に言われてしまい、少しつまらなさそうな表情をしたものの、次の瞬間にはもうその顔に笑みを浮かべている。

李は漢民族《かんみんぞく》だそうだが、その顔の特徴はかなりコーカソイド系の血が混じっているように思われる。肌の色は白く、鼻梁《びりょう》は細く、目元は深い二重なのに目尻は刷毛《はけ》で描いたように切れ長だ。そして、恭介ほどではないが長身でスーツを美しく着こなすだけの胸板を持っている。

清見の審美眼からすれば、李はまさに美しい男だと思う。そればかりか、恭介ではまだまだ適《かな》わない熟成された男の色気がある。容貌だけなら惹かれるものが充分にあった。

ただし、どれほど口説かれても受け入れることができなかったのは、アトリエの顧客であるとともに李のしたたかすぎる性格が清見には恐ろしいからだ。この人に喰《く》われたら、自分など骨すら残らないような気がする。

「三木汽船か。このままでは苦しいだろうね」

李が言った。明日は雨だろうと、天気でも語るような淡々とした口調だった。それだけに清見の心には強い動揺が走る。それを横目に、李はまるで学生に講義でもするかのごとく語り出す。

「では、海難事故というものを考えてみようか。最悪なのは転覆、沈没。他には座礁に漂流といったところかな。三木汽船は座礁の危機にあるといってもいい。よしんば、そこからうまく脱出できたとして、その後には漂流の可能性を排除しきれない。そして、さまよえる船は海霧の中で突如現れた氷山に激突し、やがては転覆、沈没するだろう。少なくとも関係者はそう読んでいるというところかな」

その理由は力のあるトップの実質的な不在だ。そして、その代理を務めるのがあまりにも経験不足の三代目であり、本来なら彼を支えるべき首脳陣の一部には反乱因子が少なからず含まれている。

「李様ならどうしますか?」

「どちらの立場で?」

守る側と攻める側では戦略は百八十度違う。このとき清見ははっきり「守る側」とは言えなかった。この期に及んで三木汽船との関係を深く李に詮索されたくはなかったからだ。というより、恭介と自分の関係を勘ぐられるのが怖かった。だが、そんな沈黙も李の前では意味をなさない。

「もちろん、君が興味を持っているのは三木汽船の立場だろう。社長の三木浩介氏とは何度か面識がある。わたしにとって世の中は興味のある人間とそうでない人間の二種類に分かれるが、彼はあきらかに前者だ」

そう言ったあと、軽くウインクをして「君と同じだ」と清見に微笑む。李は地位や立場や経済力や知恵や美貌などのあらゆる要素を鑑《かんが》みて、人を二種類に分けている。三木も清見もその理由は違っても、李の興味の対象として認められているという意味だ。

「三木汽船は伝統のある会社だ。日本の戦後の復興を支えてきた海運会社であり、海の物流を知り尽くしている。知名度は今となっては海外のほうが高いくらいだ。狙う会社が多いのは理解できるが、現在の問題はむしろ内部にある」

清見が恭介や寺島からかじり聞く程度の情報は李もすでに知っている。黄江実業グループもまた英国資本の海運会社を買収した過去がある。ただし、グループにその名を連ねてはいても、実際の経営は現地法人に預ける形を取って充分な収益を上げているはず。ヨーロッパで海運会社を保有する李にしてみれば、アジアでの業界の変動は現在のところ大きな関心を持つものではないのだろう。

清見は安直に李に意見を求めたことを後悔していた。彼らにとってビジネスはあくまでもビジネスで、単なるマネーゲームではない。トップの決断と采配で大勢の労働者が路頭に迷うこともあれば、不況のきっかけとなり国の経済そのものを傾けてしまう可能性もあるのだ。こんなところでお茶を飲みながら、仕立て屋ごときに真面目に話したところで暇つぶしにもなりはしない。

ところが、李はテーブルに少し身を乗り出してくると、まるで周囲で誰かが聞き耳でも立てているかのよう声を潜《ひそ》めて言う。

「だが、今ならまだ打つ手はある。わたしにはそのアイデアがあるね」

そのアイデアは自分の頭の中だと言わんばかりに、人差し指でこめかみのあたりをコツコツと叩いてみせる。悪戯っぽい笑みはまるで野鳥の話をしているときの恭介と同じ、少年のそれだった。

「知りたいかい？」

本当は清見のほうこそテーブルに手をついて身を乗り出したかった。だが、小さく首を横に振る。

「よしましょう。仕立て屋風情が知ったところで、どうなるものでもありません。李様の言うように、世の中はめまぐるしく動いているのですから、明日のことはわからないじゃないですか」

恭介がこの危機を乗り切る術を見つけるかもしれない。清見はそう信じるしかない。よしんばそうでなくても、彼は彼だ。今の清見はその事実以外いらない。

「それより、そろそろ試着をお願いしてもよろしいですか？」

清見が席から立ち上がり、持ってきたスーツを準備する。箱から出して皺《しわ》ができないように丁寧に肩の部分を持ってまずは出来上がりを見せる。

「君の腕は信じているが、見るたびに思うよ。わたし専属の仕立て屋にしたいとね」

企業のトップに立つ者は人の心をくすぐる褒め方をよく知っている。柏木もそうだし、他の多くの財界人もそうだ。清見は礼を言いながら李に今回仕立てたジャケットを順番に試着してもらう。

鏡の前に立つ李が襟を軽く引っ張り、肩のフィット具合を確認している。生地はもとより厳選しているし、シルエットは清見自身も満足のいく出来上がりだ。そして、着心地についても李からはお墨付きをもらった。彼のように目の肥えた客を満足させたときは、一仕事終えた気分もひとしおだ。

新しいスーツをすべてハンガーにかけて、スイートルームのワードローブにかけるところまでが清見の仕事だ。それを終えると、李が次回は春夏物の注文をしにまた冬に来日するという。

「もし気に入ったデザインや使いたい生地がありましたら、早めにお教え願います。できるだけ次の来日までに準備をしておくようにしますので」

特殊な生地はイタリアやフランスから取り寄せる必要があるので、少し時間がかかる場合もある。早めに希望を聞いておけば、清見の作業も段取りよく進むし、納品もスムーズになる。

「ところで、今回はいつまで東京にご滞在ですか？」

道具を片付け、帰り支度をしながら、清見が何気なく李にたずねる。すると、李はちょっと考えてからチラリと清見の顔を見た。

「スーツを受け取ったらすぐに香港に戻ろうと思っていたが、気が変わった。もう少し東京で様子を見ていこう」

当然、李のことだから彼のビジネスに関することだと思っていた。ところが、彼の意味深長な笑みはそうではなかった。部屋を辞するために一礼をした清見を李が呼び止める。

「君がわたしの誘いを頑なに拒むのは、やっぱり決まった相手がいるからだったのかな。まぁ、三木氏ならそれも仕方がないかと思うがね。彼はハンサムで紳士だからな」

それはとんだ誤解だと清見は慌てた。だが、李がそう誤解しても仕方のないやりとりではあった。

「三木社長はわたしに仕立てを依頼してくださる大切なお客様の一人です。ですが、けっしてそういう関係ではありません。社長の名誉にかけてそのことだけは信じていただかないと困ります」

清見は慎重に言葉を選んで、きっちりと李の誤解を解こうとした。だが、李は少し考えている素振りで胸の前で腕を組みながら広いスイートのリビングをゆっくりと歩き回る。

「そうなのか。三木社長ではないのか。それはわたしには朗報だ。彼が相手では手強すぎる」

「お客様の会社が難しい状況にあれば、少なからず気にかかるものです。ここのところ、連日ニュースでも報道されていますし、現在社長は体調がよくなくて自宅療養を続けておられますので……」

だから、三木汽船に関するM&Aの件についてたずねたのだと清見は李を納得させるつもりだった。話の流れ的には極めて自然だ。すると、李は足を止めて清見のほうへと振り返り訊く。

「そうか。ならばわたしの会社が危機的な状況になっても、それくらい心配してくれるのかな」

「もちろんです。李様もまたわたしにとってはとても大切なお客様ですから」

すると、李はなぜか苦笑とともに首を横に振る。

「だが、三木汽船の三代目ほどは案じてくれないんだろう?」

ギョッとした。思わず「どうして?」と口をついて出そうになった。だが、その言葉はどうにか呑み込んだものの、表情は完全に読まれていたようだ。

「図星か……」

李はドアのそばで立ち竦む清見の目の前までくると、それでもなお懸命に狼狽《ろうばい》を隠そうとしている顔をのぞき込んでくる。そして、彼の秘書さえいない部屋で内緒話をするかのように耳元で囁いてくるのだ。

「まいったな。君が年下好きだったとは思わなかった。それじゃ三木社長よりもっと手強いじゃないか。さて、どうしたものかなぁ」

「ど、どうにもなりません。三木社長のご子息は確かに最近わたしのところで仕立てを依頼してくださっていますが……」

「知っているよ。わたしはね、君が思っている以上に君のことを知っているんだよ。言っただろう。わたしにとって人は二種類なんだ。興味のある人間と興味のない人間だ。君のことはとても興味がある。パリで初めて出会ったとき、これはいいものを見つけたと思ったんだよ」

「もの、ですか?」

さすがに清見も李の腹の中を垣間見たようで、苦笑交じりに言った。

「そう。興味の対象となるものだ。わたしにとってすべては『もの』だ。それも仕方がないんだよ。わたしはそういう人間だからね。李家の一族の戦いで血縁を何人も欺《あざむ》き、貶《おとし》め、目の前から排除してきた。そうして生き残って今の地位を得たんだ。この体に流れる血はとっくに凍っているんだよ」

清見はついさっき苦笑を漏らした頬を引きつらせた。今一瞬だけ李という男が仮面を取った。それはどこまでも冷徹で、人とは思えないような素顔だった。

「君は知っているんだろう。というか、気づいているんだろう。わたしが人を愛せないことを。だから、けっしてわたしを受け入れようとはしない。君はクールに見えて、とても純粋で駆け引きのできない人間だからな」

「遊び相手に不自由されてはいないでしょう。わたしはただの仕立て屋です。最高の一着を仕立てる以外にできることはありませんから」

「どうだろうな。楽しめるかどうかはわたし次第だよ。君が考えなくてもいい」

清見を「もの」と呼ぶ男はどこまでも傲慢だ。やっぱり李は恐ろしい男だった。これまで彼の手に落ちなかった自分にあらためて安堵していた。だが、一瞬でも仮面を取った李はもうその手を緩めなかった。

「三木汽船の件だが、打つ手はあると言っただろう。アイデアはわたしの頭の中だ。そして、それを引き出すかどうかは君次第だ。言っている意味はわかるね？」

もちろん、わかっているがそんな馬鹿な話があるものかと清見が視線を逸らす。

「日本を代表するような海運会社と東アジア最大手の海運会社の戦いですよ。仕立て屋一人を喜ばせるために、黄江実業グループを動かそうとでも言うのですか？　あなたはそんな人間ではないでしょう」

ちょっと気に入った仕立て屋が自分の意のままにならないからといって、今回のM＆Aの件をどう操作しようというのだろう。もちろん、李の力を持ってすればそれは可能であっても、そんな動機でビジネスを動かすような温い人間ではないはずだ。

ところが、李は端正な顔に狡猾《こうかつ》な笑みを浮かべると言った。

「三国志《さんごくし》は知っているだろう？　中でも有名な赤壁《せきへき》の戦《たたか》いがあったのは、中国後漢末期、二〇八年のことだ」

もちろん知っている。だが、その中国の一大興亡史の中の有名な戦いに何をなぞらえようというのだろう。

「孫権《そんけん》軍の指揮官であった周瑜《しゅうゆ》の妻は、当時中国一の絶世の美女といわれた小喬《しょうきょう》だ。周瑜はそもそも圧倒的な兵力を誇る曹操《そうそう》軍に降伏するつもりだったが、あの知恵者の諸葛亮《しょかつりょう》孔明《こうめい》に曹操が小喬を奪おうとしていると吹き込まれ、激怒して決戦を決意した。周瑜というのは、知恵もあり武術にもすぐれた美丈夫だ。また温厚で寛大な性格でも知られた人物だ。だが、美しい妻を奪われるとなると我を忘れるほどに激怒した」

なぜ三国志が語られているのかその理由がわからずいぶかしげに首を傾げる清見に向かって、李はさらに語ってきかせる。

「片や曹操も優れた武人であり、何よりも冷静な軍略家だった。にもかかわらず、彼もまた小喬の美しさに目が眩み、赤壁の戦いでは風を読み遅れて敗走する憂き目をみた」

そこまで聞いて、ようやく清見は李が何を語ろうとしているか察した。

「赤壁の戦いは史実であっても、小喬にまつわる話はあくまでも三国志という物語における創作ではありませんか？」

清見が言うと、李はそのとおりとばかりにしたり顔で頷く。

「あるいは、創作と思われているだけで、これらの逸話のほうが史実かもしれない。どんな英雄も美の前に無力となり愚かしい真似をする。歴史の中では多々繰り返されてきたことだ。もちろん、わたしはそれほど愚かではないつもりだよ。ただ、興味深いものを手に入れるために、自分の持ち駒を動かすくらいはしてもいいと思っているんだ」

「まさか……」

清見を手に入れるため、黄江実業グループのトップが動くなどという話はいくらなんでも馬鹿げている。だが、李は平然と言ってのける。

「言っただろう。わたしは人を愛することができない寂しい人間なんだよ。何しろ心というものをずいぶん昔に捨ててしまったからね。人の心など事業経営のためには邪魔になる。だが、美しいものを愛《め》でたいという欲望はある。小喬を手に入れるためなら、十万の矢くらい失ってもいいと思うんだよ」

十万の矢というのもまた諸葛亮孔明の知恵により、一夜にして曹操が失ったものだ。赤壁の戦いで曹操は敗北したが、命を落とすことはなかった。彼の天命はまだ尽きてはいなかったのだ。

清見を手に入れるため、李は十万の矢に匹敵するアイデアと持ち駒を提供してもいいと考えているという。だが、彼は曹操のように敗北する気さえない。なぜなら、李は風を読むばかりか己で風向きを変える力を持っているからだ。

「すべては君次第だ。わたしは東京滞在を一週間延ばすことにしたよ。大切な人を救いたいならいつでも連絡してくれればいい」

ホテルのスイートルームを出て、清見は最上階からのエレベーターの中で半ば呆然《ぼうぜん》とした心持ちだった。李に愛もなく抱かれることはできない。それは無理だ。客とは一線を越えないという信念は今も変わらない。恭介は客ではあっても、清見にとって彼はもうそれ以上の存在だ。李とは違うのだ。

それに、清見が体を差し出す条件で三木汽船に助け舟を出してもらうなど、懸命に会社を危機から脱却させようと努力している恭介に対して失礼な話だ。彼はどういう結果が出ようとも責任を持って受けとめると覚悟している。自分はそんな彼をただ待つだけだと決めたはず。

（でも……）

どうしてこんなに心が揺れてしまうのだろう。昨夜の電話の恭介の声を思い出す。たわいもない会話の裏に、彼の苦悩が清見にもひしひしと伝わってきた。近頃は溜息の数も増えていき、それに自分で気づいては清見に詫びるのだ。

溜息や愚痴くらいいくらでも聞いてやりたい。本当なら抱き締めてその背中をいつまでも撫でてやりたい。でも、それすら自分にはできやしないのだ。もし三木汽船が東アジアの海運会社に合弁という名のもと事実上買収されたなら、恭介は歴史ある会社に大きな汚点を残した当事者としてその名前を残すことになる。

そんな過酷な運命を背負わなければならないほどの、何を恭介がしたというのだろう。彼はただ父親の跡を継ぐと決意して覚悟して、そして努力しているだけなのだ。

きっと恭介の天命も尽きてはいない。何があっても彼の命までは奪えない。それはわかっているけれど、清見の心は揺れる。愛する人を苦悩から救いたい。ただ、それだけの思いで胸が今にも引き裂かれそうだった。

◆◆

三木汽船にM&Aを仕掛けてきている宝永海運《ほうえいかいうん》は台北に本社を置き、海運事業と同時に航空輸送も手がけており、台湾屈指のコングロマリットである宝永グループに属する企業だ。

香港を代表するコングロマリットが李の率いる黄江実業グループなら、宝永グループは台湾を代表する一大グループである。

コンテナの所有数も三木汽船とほぼ同じだが、主に北米西海岸への運行が主力である。これでヨーロッパ路線が強い三木汽船を取り込めば、一気に世界で第三位の海運会社になる。その絶好の機会が巡ってきている今、彼らの交渉は日に日に強硬さを増してきている。三木汽船側もときには療養中の社長自ら会議の場に出て、必死の防戦を迫られている状況だ。

恭介としては、未だ体調が万全でない父親に出てきてもらわなければならないことが何より辛いという。病に倒れてからというものずいぶん体重も減って、清見の仕立てたスーツが体に合わなくなっているらしい。そんな父親が顔色の悪さを隠し、席を立っては咳《せ》き込《こ》み、ときには息を荒くしているのをそばで見ている息子の心境を思いやると、清見もまた心が痛む。

そして、李から信じがたい提案を受けた三日後のことだった。三木汽船が日本近海の貨物運搬を主に行っている完全子会社の「三木近海運輸《きんかいうんゆ》」を、来春より宝永グループの傘下に置くことでほぼ合意とのニュースが流れた。

それは宝永グループの強硬な交渉の果ての小さな一手に思われるが、まさに巨大な船の沈没への序章だった。一つ一つが切り崩されて、やがては三木汽船そのものが宝永グループに呑み込まれる。数年後には「三木汽船」という歴史のある社名さえなくなっているかもしれない。

もちろん、社長の三木はその地位を退くとしても、恭介は残るだろう。ただし、もはや三木汽船だった頃の立場はなく、あくまでも宝永グループの経営する企業の一社員としての話だ。

そんな屈辱に耐えるために彼が自由を捨てたのかと思うと、不憫で仕方がない。世の中には厳しい現実に耐え忍び生きている人が大勢いると知っていても、清見にしてみればなぜ恭介がそうならなければならないのかと泣きたくなる。

一日の仕事を終えていつものようにアトリエの片付けをしながら、清見はあの雪の日の自分と母親のことを思い出していた。鍵を忘れていき、残業で遅い母親を待ち続けていたときは涙さえ出なかった。白くなっていくアパートの前の道をぼんやりと眺め、凍える手に息を吐きかけ続けていただけだ。

やがて暗闇の中で急いで帰ってくる母親の姿を見たとき、初めて涙が溢れそうになった。ところが、駆けてきた母親のほうが清見を抱き締めて先に泣き出してしまった。あのときの気持ちを清見は長くわからず、大人になってからようやく理解した。自分の息子に生まれてきたばかりに、こんな寒空の下で震えさせて不憫で仕方がないと泣いていたのだ。

けれど、今はそれだけではないものがあったような気がする。彼女は清見の将来を案じていたのだろう。どんな未来が待っているのかと考えたとき、今以上に辛い思いをするかもしれないと考えたら、たまらず涙が出たのだと思う。

今の清見は恭介に同じような気持ちを抱いている。よけいなことだとわかっていても、愛しい人を守りきれない自分が悔しいのだ。

長い間涙を流すことも忘れていた。でも、今夜はアトリエに一人いて、じっと窓辺にたたずみ涙がこぼれた。決心がつかない。でも、助けたい。正しいことだとは思っていなくても、これで彼の人生から消える決心がつくかもしれない。

様々な思いが清見の胸の中を交錯していた。そして、しばらくそこで静かに泣いたあと、清見は携帯電話を手にしてある番号を押した。いつものように秘書が出るだろうと思ったから、用件だけを伝えておくつもりだった。

『必ず連絡をくれると思っていたよ』

コール音が途切れた途端、いきなり李の声が耳に届いた。それは、清見が覚悟を決めた瞬間だった。


約束の時間は日曜日の午後四時。翌日の月曜日はアトリエの定休日だった。

いつものように李の滞在するホテルのスイートに出向き、リビングで彼がやってくるのを待った。緊張でひどく喉が渇く。さっきから用意されたお茶を飲んでいるが、喉は一向に潤うことはない。

「これはアドバイスなんだが、あまり水分を摂らないほうがよいかもしれない」

いきなりそんなことを言いながら李が奥の部屋から現れた。いつもの採寸や納品のときとは違う。今日の清見はまるで曹操の前に引き出された小喬というよりは、敵軍の一兵卒の気分だ。彼の一声で首を刎《は》ねられるくらいの怯えでもって、椅子から立ち上がり会釈をした。

「約束は……」

清見が言いかけたとき、李が片手をかざして言葉を止めた。

「契約だ」

その言葉に、これは彼にとってビジネスなのだと理解した。当然だろう。黄江実業グループのトップが、己の気まぐれで仕立て屋風情を抱くために、自分の持ち駒を動かすわけがない。そこにはグループの利益が見込めるから動いただけだ。そして、それ以外に清見という手土産がつくという程度の感覚なのだ。

「では、契約について確認させてください」

清見が言うと、李はいつもの笑顔でテーブルに着く。そこへすぐに秘書がやってきて、李のカップにお茶を注ぐと一礼をして部屋を出て行った。

「彼にもたった今から明日の午後四時まで休暇を与えたよ。ということで、君の拘束時間は今から二十四時間だ。その間、わたしのペットとなってもらいたい。だが、心配しなくていい。その美しい顔と体にダメージが残るようなことはしない。そして、この二十四時間に君が耐えたなら、それなりの褒美《ほうび》は用意する」

それについてもはっきりと明言してもらわなければ困る。よもや李ほどの人物がこの期に及んで姑息《こそく》な真似をするとは思わないが、これは契約書のない契約だ。せめて言質《げんち》だけでももらわなければ、清見のリスクが大きすぎる。

「もちろん、三木汽船のM&Aについてはうちのグループの介入を準備させている。わたしの電話一本ですべてが動く。二十四時間後にはホワイトナイトの登場ということだ」

これは時間との戦いでもあった。少なくとも、週末の間に三木汽船と宝永海運の交渉が進むことはないはずだ。月曜日の午後まで持ちこたえてくれれば、李のグループが所有する英国を基点とする海運会社が第三者として両者の交渉の間に割って入ってくることになる。

黄江実業グループが所有する海運会社は英国の現地法人となっているが、株の八十五パーセントをグループが保有している。李の意向一つで動かすことができ、今回は宝永グループよりも好条件で三木汽船に合併を持ちかける予定になっている。もちろん、そのために必要な資金は李がグループを通して用意する。

英国の「Leeds Ships《リーズ シップス》」は十年ほど前に倒産寸前だったところを黄江実業グループの出資により経営を再生させて、現在は香港とヨーロッパ間を中心に運航している。世界の海運会社の中では規模は小さいものの、収益では二十位以内に入っている企業だ。

だが、そういう規模だからこそ宝永グループのように厳しい条件ではなく、むしろ控えめな条件で三木汽船に合弁を持ちかけることができる。もちろん、「Leeds Ships」にも大きな利点がある。まずは三木汽船の世界に知られた名前と評価を利用できるということ。同時に、ヨーロッパ近海および中東への運航拡大が現実のものとなれば、かなりの収益増が期待できる。片や、三木汽船はその合弁によって宝永グループからの強硬なM&Aから逃れ、はるかに規模は小さいとはいえ「Leeds Ships」と提携することで得意分野であるヨーロッパ航路のさらなる強化を図れる。当然ながら、これまでどおり三木汽船の首脳陣もその地位を保持することが可能になるということだ。

まさに突如現れた「白馬に乗った騎士」のごとく、三木汽船を救う存在となってくれるだろう。ただし、「Leeds Ships」を李が動かしたとしても、その後のことをどう進めるかは三木汽船にかかっている。すなわち、病を押しても交渉の場に出ているという三木本人であり、それを支える恭介の手腕にかかっているということだ。

「李様には過分なご配慮をいただき感謝しています」

それは嫌味でもなんでもない。清見の本音だった。本来なら仕立てたスーツに満足してもらい、それに見合った報酬を得ているだけの身だ。けれど、こんな体一つでこれだけのことをしてもらえるというのは、身に余る思いだ。

幼い頃から母親によく似ていると言われてきた。母親は貧困の中にあって常に質素な装いであったけれど、息子の目から見てもクラスメイトの誰の母親よりも美しかった。清見自身、この顔も体も嫌いではなかったし、自分を抱いた男たちから聞かされる甘い褒め言葉に酔うこともあった。特に、恭介に「きれいだ」と言われると心が震えて本当に嬉しかった。

でも、今こそこの容貌を与えてくれた母親に心から感謝したい。手先の器用さ、服飾への情熱、諦めない心、そして不器用なまでに人を愛する気持ち。どれも母親からの遺伝だと思えば、自分は彼女に不憫に思われるような人生はけっして生きてはいないと思うのだ。

「この世において、生と死と時間だけは誰にも平等だ。君の二十四時間をわたしが支配させてもらうが、怖がることはない。二十四時間だ。必ず終わりはやってくる」

李は自分には心がないと言い切った。そんな男に拘束される二十四時間について、清見はこのときはまだ想像すらできていなかった。だが、悪夢は瞬時に幕が開く。

「本当ならロマンチックな夜景でも見下ろせる店で一緒にディナーを楽しみたいところだが、それをすると君が辛いことになるだろうからね。まぁ、明日の朝までは少しの辛抱だ」

さっきも紅茶を飲む清見に彼は奇妙なことを口にした。あまり水分を摂らないほうがいいと言っていた。じわじわと迫ってくるのはいやな予感でしかない。自分は本当に耐えられるのだろうか。二十四時間という拘束で、体にダメージを残すことはないと言った。だが、心については何も言っていないことにいまさらのように気がついた。

そして、李の口調がわずかに変わった。甘い声はそのままに、言葉は支配する立場を明確に伝えていた。

「出かける前にシャワーを浴びるなら、それくらいは認めよう」

清見は浴びさせてくださいと頼んだ。だが、もうそのときからすでにそれは始まっていたのだ。

「服はここで脱いでいくんだ」

その一言に内心ではひどく狼狽していた。だが、それを表情に出しても仕方がない。これからの二十四時間は心を捨てるしかない。心を持たない男に抱かれるのに、こちらも心など必要ない。

清見は秋を先取りしたレンガ色のネクタイに手をかけた。仕立てたスーツを数え切れないくらいの男たちに着せてきた。だが、こんなふうにスーツを自ら客の前で脱ぐのは初めてだ。ホテルのスイートルームのリビングで、身に着けていたもののすべてを脱いで、清見は李のペットになった。心を捨てたつもりでいても、それは悪夢のような二十四時間の始まりだった。


身に着けるもの一つで人はここまで心が変わるものなのだろうか。だとしたら、自分の仕立てているスーツはまさに身体ばかりかその人の心までも守る鎧のようなものだと実感した。ただし、こんな形で実感したことをとうていよかったとは思えない清見だった。

「身包《みぐる》み剥《は》がれた気分かな? 大丈夫だ。周囲の目に君はトレンチコートを羽織った女優のように映っているよ。わたしも美人を連れて歩けるのはとても気分がいい」

李の言葉に唇を噛み締めるが、その顔を伏せながらサングラスを片手で押さえ、もう片方の手ではコートの襟元をしっかりと合わせ持っている。

普段は東京滞在中も運転手つきの車で移動する李だが、今夜にかぎってはタクシーを利用している。装いも清見に発注した秋物のカジュアルなジャケットにフラノのグレイのパンツを合わせ、ノーネクタイで髪型まで変えている。

タクシーの後部座席で李の隣に座る清見は、トレンチコートの下は裸体だ。下着も着けてはいない。それさえも許されなかったからだ。その代わりといってもいいものか、肩につくくらいの栗色《くりいろ》のウィッグをつけ、うっすらと化粧を施してサングラスをかけているので、一見すれば女性に見えるだろう。

それでも、裸足《はだし》で履いているヒールのパンプスはひどく歩きにくく、足首を見れば女性にしてはずいぶんと骨ばっていると思う者もいるはずだ。

ホテルの部屋からタクシーに乗り込むまでは、心臓が破裂しそうなほどに打っていた。バレはしないと李は笑っていたが、女装など初めての清見にしてみればとんでもない緊張感だった。パリで仕事を得るために面接を受けにいくときでも、ここまで緊張することはなかった。今はじっとりと手のひらにいやな汗をかいているのが自分でもわかる。

せっかくシャワーを浴びてきたのだが、そもそものシャワーからが拘束と屈辱の始まりだったのだ。李の一言で裸になり、そのままバスルームへ行かされた。だが、李は清見を一人にしてくれたわけではない。スイートルームのガラス張りのバスルームは都内の景色が見下ろせたが、驚くべきことはそれだけではない。むしろその広さだった。

シャワーを出してもその湯気が立ち込めることのない広さは、小さなリビングのようだった。革張りのカウチも用意されていて、李はそこに腰かけて清見に指示を出した。

大理石の洗面台の上に用意されていたのは、直腸洗浄のための道具だった。清見はそれを李の見ている前で行わなければならなかった。拘束が始まってわずか数十分。清見の心は打ち砕かれて、早くも人としての尊厳を失いそうだった。

それでも、耐えなければ得るものはない。得るものがなければ救いもない。だから、清見は耐えたのだ。だが、人の心を失ったと言う男は、その言葉どおり心など微塵もないと思わせる行為の数々で清見に本当の悪夢を見せてくれた。そして、悪夢はまだ続いている。

タクシーが都内の繁華街と高級住宅地が混在する一画にきて停まった。李とともに車を降りると、すでに日は落ちてあたりは街灯の明かりのみで照らされている。

李に促されて入っていったのは高級マンションで、てっきりここに彼がプライベートの部屋を持っているのかと思った。だが、エレベーターで六階に上がり、そのドアの前にきたとき李はインターホンを鳴らした。

自分の部屋なら鍵を持っているはずだ。奇妙に思っていると、中から黒いスーツを着た男が出てきて二人を中へと招き入れる。

外からはごく普通の高級マンションの一室に見えたが、中に入るとそこは妖しげな雰囲気の漂う空間になっていた。廊下は広々として天井は高く、調度品は高価なものだとわかる。奥の広間からは人々の賑やかな話し声と静かな音楽が聞こえてきた。どうやら、会員制の高級クラブのようだ。

黒服の男によって李と清見は入り口そばの部屋へ案内されると、そこでしばらく待つことになった。

「不安かい？」

清見は答えなかった。声を出すと弱音が口をついて出そうだった。そして、一言弱音を吐けば、そのまま逃げるための懇願をしてしまいそうだった。

震えながらゆったりとしたソファに李と並び座っていると、発泡性の透明な飲み物が入ったショットグラスをトレイに載せて男が戻ってきた。それを差し出されて、李とともに受け取る。先に彼が飲み干して、清見にも一気に飲むように促す。拒むことはできなかった。

それはアルコールではなく薬のようなものが混入した何かだとわかったが、口に含んだものは飲み下すしかなかった。

「広間のほうはすでに準備が整っています」

そう言うと、男は部屋のワードローブから何かを取り出そうとして、一度振り返り李にたずねる。

「目隠しの色は？」

「もちろん、白だ。レディ・ジェーン・グレイの処刑のときのようにね」

そのやりとりにまた清見は震え上がる。まさか首を刎《は》ねられるわけではないとわかっている。だが、目隠しをされるというだけで、もう自分の身に何が起こるのか考えるだけで怖い。

黒服の男は本物の処刑人のように、清見のところへやってきてソファから立ち上がるように促した。

「足が疲れただろう。ヒールはもう脱いでいい」

慈悲の言葉のようでいて、けっしてそうではない。清見がヒールを脱いで裸足でカーペットの上に立つと、サングラスとカツラを取って後ろを向くように言われた。

男の手で白いシルクの布の目隠しが施される。視界を奪われることに恐怖はあったが、いっそ何も見えないということで救われる部分もあった。

「では、十分ほどしましたらお声をかけますので、それまでこちらでお待ちください」

そう言い残して男が部屋から出て行く気配がした。だが、安堵する間もなかった。目隠しされたまま所在なくその場に立っていた清見のすぐ目の前に、今度は李の気配を感じた。

「コートを脱いでしまおうか」

「え……っ？」

思わず声が出た。コートを脱いだら目隠しだけで裸になってしまう。そんなあられもない格好で広間に連れていかれるのだと思うと、清見の手は動かない。

「どうした？　脱がせてほしいのか？」

清見が首を横に振る。だが、李の手がコートの紐にかかり、一瞬のうちに解かれた。少し強引な手つきで前が開かれて、裸足の足元にコートがパサリと落ちたのがわかった。だが、息を呑む間もなく、清見の体が返されて、両手を後ろ手に縛られる。

暗闇の中で体の自由も奪われ、恐怖心は今まさに頂点に達しようとしていた。

「も、もう……」

勘弁してほしいと言葉が出そうになった。だが、それよりも先に李が優しい口調で耳元に唇を寄せて囁く。

「君の美しい体をあますところなく見せてもらうよ。ただし、わたし一人では勿体《もったい》ないのでね、少し観客にも楽しんでもらおうじゃないか。大丈夫だ。君は何もなくさない。この体を少しばかり人目に晒《さら》しただけで、愛しい人を救うんだ。素晴らしい献身にわたしは感動しているくらいだよ」

その言葉で清見は懇願の言葉を呑み込まざるを得なくなる。そればかりか、低く喘ぎ声を漏らしてしまったのは、李の手が清見の股間をやんわりと握ったからだ。

「もう時間がないので、少し準備をしておかないとな。君が感じていなければ、観客も退屈だ」

さっき黒服の男が十分で呼びにくると言った。十分すれば清見は広間にいる人々の前に連れ出される。そのとき、股間が萎えていてはつまらないという理由で愛撫を与えてくる彼の手はあまりにも巧みだった。

「ああ……っ、い、いや……っ。お願いです……。これ以上は……」

もうそこが濡れてきて先端から溢れてくる感覚がわかる。こんな状況でも、無理矢理《むりやり》であっても、男の体はどうしようもない。李は硬さを増していく清見自身に満足したように、微かな笑みを漏らしたかと思うと唇を重ねてきた。

「んん……っ、あ……っ」

顎をつかまれ顔を持ち上げられて、口腔を彼の舌で存分に嘗め回される。勃起した下半身から手を離すと、今度は胸の突起を執拗《しつよう》にいじり、そのうち立っているのが辛くなった頃だった。

ドアがノックされて、男が呼びにきたのがわかった。

「喘ぎ声が少々艶っぽすぎる。君がうっかり愛しい人の名前を呼ばないよう、その口も塞いでおくことにしよう」

白い布の目隠しの他に同じ素材の布で口も塞がれた。猿轡《さるぐつわ》を噛まされた状態だが、これで顔はほとんど隠れているだろうから、万一清見を見知った人がいたとしても特定することは難しいのではないだろうか。だが、救いといえばそれくらいだった。

「さぁ、おいで。目の肥えた人たちばかりだが、君のこの体なら誰もが満足するだろう」

そう言うと、李は清見の肩を抱くようにしてエスコートする。さっきから目隠しをしたり、コートを脱がされたり、また腕を縛られたり愛撫をされたりと、何度も体の向きを変えられているうちにすっかり方向感覚がなくなっている。

見えないまま両手も使えず歩くのがこんなにも難しいこととは思わなかった。清見は李の腕に身を寄せるようにして歩くしかない。そして、腕を引かれるままに少し開けた場所に出たのがわかったのは、周囲のざわめきが聞こえたから。

「これは、またすごいな……」

「でも、いきなりというのは少々はしたなくないかしら」

「今夜はきて正解だったな」

人々の話し声が清見の耳に届く。目隠しをされていても、視線が矢のように突き刺さるのを感じる。男性ばかりでなく女性もいるようで、それが清見の羞恥をさらにかき立てた。

「さぁ、おいで。君のための席を用意してあるんだ」

李が清見の腕を引いて耳元でそう囁いたかと思うと、人々の間を通り、途中で挨拶など交わしながら歩く。清見は彼についていくしかなかったが、李が知人らしき人物と短い会話をしている間にも周囲から手が伸びてきて体に触れていく。

その都度清見は緊張をあらわにして、体を小さく震わせる。それを見た人たちから笑いが漏れて、自分が本当に見世物になっているのだと実感した。

身を隠す術は何もない。そんな清見は縋るように李のほうへ体を摺《す》り寄せる。

「ああ、すまないね。ちょっと知り合いがいて、挨拶をしていたんだよ。さぁ、こっちだ。おいで」

そんな空々しい言葉に、李がわざと人々の間で立ち止まり、清見に触れる機会を周囲に与えたのだということがわかった。清見が羞恥と悔しさに顔を下げると、李の手がやんわり髪の毛をつかみ有無を言わさぬ強さで引っ張る。

「それ以上顔を隠すんじゃないよ。あまり俯いてばかりいるようなら、猿轡と目隠しを取ってしまうよ」

冗談ではなかった。今となってはこの二つだけが自分を守っているものだ。清見は懸命に羞恥に耐えて顔を持ち上げて歩いていく。

「さぁ、ここから階段が三段ある。ゆっくり上がりなさい。躓きでもすれば、いきなり四つに這った君の恥ずかしい姿を晒すことになるよ」

それはいやだと清見が首を小さく横に振る。だが、李は忍び笑いを漏らして言うのだ。

「まぁ、最後にはあられもない格好で果てることになるんだが、わたしもせっかく手に入れた時間はじっくりと楽しみたいからね」

清見は心の中で絶望の吐息を漏らし、知らぬ間に流れ落ちていた涙でシルクの目隠しを濡らしているのだった。

生と死と時間は人に平等だと李は言ったが、今の清見にはとうていそうは思えない。

「起きなさい。朝食の時間だ」

そんな声がして、ビクリと体を震わせた清見が自分の身を隠そうとベッドの中でシーツを手繰り寄せる。目をうっすらと開いたものの、ここがどこか認識するのに少しばかり時間がかかった。

「お腹が空いただろう。君の好みの朝食がわからなかったから、とりあえずひととおりのものを用意させた。テーブルで食べようか？　それともベッドで食べるかい？」

確かに空腹ではあった。あれから十七時間あまり、何しろ昨日の昼に自分の部屋で作った簡単なカス・クルートを食べたきりだ。あれから十七時間あまり、水以外のものはほとんど口にしていなかった。それでも、食欲はまったくといっていいほどない。水分以外の何かを口に入れる気がしない。なのに、清見には朝食を断る権利さえないのだ。

「疲れているようだから、ベッドへ運んであげよう」

李はまるで新妻にかいがいしく尽くす夫のように、銀のトレイを自らの手で運んできた。清見はかろうじて上半身を起こしたが、それは食事をするためというより自分のそばへやってくる李から無意識のうちに逃げようとする行動だった。

もちろん、逃げ場所はない。片方の足首を紐で結わえられてベッドの支柱に硬く括《くく》りつけられているから、それを解かなければベッドから下りることもかなわない。そして、その紐を解く権利もないが、そんな力も残っていない。

「まずはオレンジジュースを飲みなさい」

小さめのグラスが差し出される。絞りたてのフレッシュなオレンジジュースの香りが鼻孔をくすぐる。清見がグラスを受け取ろうとしたが、手が震えてうまくつかめそうにない。それを見て、李は思い出したように笑う。

「ああ、そうだった。忘れていたよ。体の中に入っているものを出してあげないとね」

そう言うと、朝食の載ったトレイをサイドテーブルに置き、清見の二の腕をつかんで自分の胸元へと引き寄せる。体に力の入らない清見は引っ張られるままに李の胸にもたれ込むしかなかった。体をベッドにうつ伏せるように倒されて、腰に腕を差し込み清見の尻だけを持ち上げる。

そして、双丘を分け開くと、その奥の窄まりからなんの躊躇もなく長い固まりを引き抜く。

「ああ……っ。うぁっ」

清見が呻き声を上げる。ズルリと引き出されたものがシーツの上に落ちたのがわかった。見たくもないから顔を背けていると、李がそれを拾い上げてベッドの脇に置かれた革製のダストボックスに投げ入れた。

今やゴミとなった大きな異物は一晩中清見に入れられたままだったが、あまりにも疲弊した体は半ば失神するように数時間ほど眠りに落ちていた。もちろん、浅い眠りだった。

清見は何度も恐ろしい夢を見てはうなされる自分の声を聞いていた。だが、本当に夢だったのだろうか。少なくとも、昨夜のあの出来事とこのホテルの部屋に連れ戻されてからの行為は夢ではなかった。

昨夜は裸にコートを羽織っただけの姿でここから連れ出された。奇妙なクラブのような場所へ連れられていき、そこで清見が経験したことはけっして人に言えない。

そういうプレイを楽しむ連中がいることは知っていたが、自分には無縁のものだと思っていた。なのに、その場で何人もの男女に裸体を晒し、李の手で嬲《なぶ》られ、道具を使われ、最後には果ててしまうことを強いられた。

李は食事をしないのは清見のためだと言い、水分も控えておいたほうがいいと忠告していた。ホテルを連れ出されるときもまだその意味はわからずにいたが、プレイが終わる頃には身に染みてその意味を理解した。

一応出かける前にホテルのバスルームで処理をしていったが、あのあと何かを食べていたり、過剰に水分を摂っていたら、壇上で攻められながら身も凍るような粗相《そそう》をしていた可能性もあるということだ。

それだけはどうにか耐えることができたが、まともな状態ではあんな羞恥プレイには到底耐えかねただろう。だが、壇上に連れて上がられ、そこにあった椅子に縛られ体を撫で回される頃には妙な火照りを覚えていた。羞恥と屈辱に打ち震えながらも、体は勝手に興奮していく。

それは、抗《あらが》うことも止めることもできない高ぶりだった。原因はあの部屋に着いたときに飲まされた薬のせいだ。

約二時間、清見はあの場所でたっぷりと恥辱のかぎりを味わった。最後まで目隠しと猿轡を取られずにいたことだけが唯一の救いだった。

その後、きたときと同じ格好で他の客の目に触れないように連れ出されると、ホテルの部屋に戻ってきた。タクシーを降りたあとは、李に抱きかかえられなければ歩けないくらい疲れていた。それでも、夜はまだまだ長かった。

クラブではさんざん清見の体を嬲ったものの、李自身は果てていない。連れ戻されてからまたバスルームで体を洗わなければならなかったが、このときは李も一緒にバスタブに入ってきて彼が清見の体を洗ってくれた。有難くもなければ、感謝することもない。

李はバスタブの中で清見を何度も抱いた。コンドームを使わずに中に出されてはそれをかき出すという行為を繰り返されて、最後には意識を失って広く深いタブの中へ頭から沈んでしまった。すぐに李が湯の中から引っ張り上げてくれたが、いっそそのまま溺死してしまいたい気分だった。

ベッドに入ってからも簡単に眠らせてもらえるわけもない。今度は口での奉仕を求められた。足首をベッドの支柱に繋がれたのは、肉体的な拘束よりも精神的な拘束をより強烈に清見に知らしめるためだ。李という男は生粋の「支配者」だった。どんなときも目の前にいる者を己の意のままに操れるよう、すべてを支配する術を熟知しているのだ。

そして、その手中に落ちた清見は支配され、蹂躙《じゅうりん》され、心身ともに打ち砕かれていた。この頃には犬のように這《は》い蹲《つくば》って李のものを嘗め続ける行為など薄笑みを浮かべながらでもできた。もう心が壊れかけていたのだと思う。

それでも、途中で疲労のあまり眠りに落ちそうになると、萎え切って完全に力をなくした清見の股間が強く握られる。その都度、息を呑むようにして覚醒するが、慣れない薬を使われたことと、精神的にも肉体的にもきつい長時間の性行為に体は限界だった。

すると、李は眠る条件として、清見の体にそれを埋め込むよう命令した。李のものより細いが、体に入れたまま眠ることができるのかどうか、そんなことはしたことがないのでわからなかった。けれど、やるしかない。そして、清見は自らの手でそれを埋め込み、バスタブの中と同様に失神するように眠りに落ちた。

李に声をかけられて目覚めたときは、一瞬自分がどこにいて何をしているのか忘れていた。そして、体の中にある異物感にすべてを思い出したのだ。

ようやく体の中の異物を引き抜かれたが、それでも朝食を食べる気にはなれない。李は清見の足を縛っている紐を解くのではなく、鋏で切って自由にしてくれた。

ベッドを下りてまずはバスルームを使いたいと言ったら、戻ってきて朝食をちゃんと食べるのなら認めると言われた。体が受けつけるかどうかはわからないが、とにかくバスルームには行きたい。約束をしてよろめきながらバスルームに入ると、わずかな時間だけ一人になれた。

だが、ここで長居ができるわけもない。鍵などかけて篭城《ろうじょう》すれば、これまで自分が耐えてきた地獄のような十数時間が無駄になる。そして、恭介を救うこともできなくなるのだ。

必要なことだけを手早くすませて部屋に戻ると、李は誰かに電話をしている。英語での会話だ。フランス語と違って英語は得意ではない。まして今のこの状態では精神を集中して李の会話を聞き取ろうという気にもならない。きっと彼のビジネス関係のことだろう。

片手で清見を嬲りながらも、片手ではビジネスを動かす。彼はそういう男なのだ。清見がバスルームから戻ってきたのを見ると電話を切って、朝食のトレイを移動させたテーブルに着くよう促す。

「さぁ、約束だ。なんでもいい。食べられるものだけ食べなさい。ここで倒れられては困るのでね」

まだ拘束時間は七時間ほど残っている。ここで倒れられては、楽しみの時間が減ってしまうということだろう。清見にしても、それを理由に契約を反故《ほご》にされても困る。だから、テーブルの上にあるもので、どうにか口にできそうなものを探した。

さっき手渡されたオレンジジュースの他に、まだ温かいスクランブルエッグとベーコン。別の皿にはハムが数種類。パンはクロワッサンにペストリー、ブリオッシュなどが籠に盛られ、カットフルーツはクリスタルのグラスの中で色鮮やかな宝石のように輝いている。氷を張ったボウルの上に置いた白く薄い陶器にはヨーグルトが入っていて、サイドにはトッピング用のドライフルーツや蜂蜜などが並んでいる。

いつもの朝ならパン・オ・ショコラとコーヒーに手を伸ばすところだが、今朝はとてもそんな気分ではなかった。体がそれらを受けつけそうにない。流し込めるとしたらヨーグルトくらいだろうか。

清見はヨーグルトに蜂蜜を一匙《さじ》かけて、ゆっくりと口に運ぶ。しばらく口の中に含んでおいてから、じょじょに喉に流し込む。

それでも、喉や胃が刺激を受けているのがわかる。一瞬嘔吐《おうと》感が込み上げてきて、清見は銀のスプーンを落とすように置いた。

「も、もう、無理……」

「困ったね。では、何なら食べられるんだろう」

何であっても無理だ。あとはひたすら耐えて約束の午後四時がくるのを待つだけだ。食事などいらない。自分でも気づかないうちに清見は嗚咽《おえつ》を漏らしていた。口元を押さえていると、ポロポロと空《うつ》ろな目から涙がこぼれる。

「だったら、こういうメニューはどうだろう」

そう言うと、李は部屋の壁掛け式の大きなテレビのスイッチを入れた。このテレビに画像を映し国際会議に参加したり、グループ企業に連絡を取ったりしているのは聞いている。だが、このときは日本のニュースチャンネルが映し出された。

清見も毎朝流している経済関係を中心に報道しているニュース番組で、身覚えのある女性のアナウンサーがさわやかな笑みを口元に浮かべながらモニターに映っている。

『では、次のニュースです。海運業界の新しい動向に注目が集まっております。台北に本社を置く宝永海運によるM&Aに対して厳しい交渉を強いられてきた三木汽船ですが、ここにきて思いがけないホワイトナイトが現れました』

まだ頭の中に霞《かすみ》がかかったようでぼんやりとしていた清見だが、数秒ののちに目を見開いた。

「ど、どうして……?」

まだ契約の二十四時間は終わっていない。今日の夕刻四時までは七時間近く残っている。清見が李を凝視していると、彼は涼しい顔で答える。

「君はよく頑張ったと思うのでね。契約内容について、わたしのほうからいくぶん譲歩してみた」

女性アナウンサーは、昨夜のうちに三木汽船が英国に本社を置く黄江実業グループの傘下にある「Leeds Ships」との提携について、具体的な交渉段階に入っているという内容を淡々と伝えている。

「ほ、本当に……?」

清見は震える声で確認すると、李は悪戯っぽい笑みを隠しきれないように片手で自分の口元を押さえながら言う。

「あまり素直に感謝されても困るんだがね。そもそも、こういう交渉は時間との戦いだ。宝永海運は王手まであと一手だった。おそらく週明けに動けばいい、何も焦る必要などないと考えていたはずだ。だが、我々が週明けに動いては遅い。やると決めたら一刻たりとも無駄にはできない。というわけで、すでに君に電話をもらった時点でこちらは動きはじめていた。わたしの一声が、すでに海運業界を動かした。たった今君が見たニュースがその証拠だ」

そういうことかと納得するとともに、清見は脱力してその場で椅子から崩れ落ちそうになった。一介の仕立て屋の清見ごときには世界の動きなど何も見えていないのだと、あらためて思い知る気分だった。

それでも、これで三木汽船にも勝機が生まれた。きっと恭介は父親を支え、この神の恵みのごときチャンスを自分のものにしてくれるだろう。

「あ、ありがとうございます。心から感謝します……」

力ない声だったが、清見はこれ以上ないほどの感謝の気持ちでそう言った。ところが、李は清見に対して今しばらくはこの部屋にいるようにと指示をした。もちろん、本来の契約終了までにはまだ時間がある。このまますぐに解放してもらおうなどと虫のいいことは思っていなかった。

李は清見をリビングに残し、一度寝室に戻ったかと思うといつものビジネススーツに着替えてきた。見覚えがある。それは清見が昨年仕立てたスーツだ。李が好きなイタリアブランドの生地で、シルク混のウールの濃紺には光沢があり、少しフォーマルな雰囲気もある。清見のカッティングがよく活きた作品だと自負している。

スーツに合わせているのは細身の細かい手織りのニットタイで、ポケットチーフには白を刺している。一歩間違えれば野暮にもなるし、素人臭くもなる。それを上級者の着こなしとして完全に決めてみせる李は、もはやスーツが己の肌のような感覚なのだろう。

自分の仕立てたスーツを身に着けた李を見るのは嬉しいことだが、今の清見はほとんど裸も同然の格好だ。バスルームを使うときに唯一許されたのは李のシャツ一枚。下着も着けていない。シャツの前のボタンは留められないように、わざと全部取られていた。そして、片方の足首にはさっき鋏で切ってもらった紐の切れ端がまだ結わえられたままだ。

朝の陽光の中、豪華なリビングにいてずいぶんと惨めな格好であることを思い出してしまう。だが、清見の着てきたスーツはまだ李が管理している。彼から返してもらえないことには、着替えることもできないのだ。

「さて、そろそろかな」

李は自分の腕時計を見て呟いた。きちんとした装いで時間を気にしているということは、来客の予定だろうか。その人との会合が終われば、おそらく清見も解放してもらえる。そのときはそう信じて疑わなかった。

ドアがノックされる。李の秘書だろう。来客を知らせにきたのだと思った。このスイートにはプライベートリビングの手前に、来客用の応接間が設けられている。てっきりそこで来客を出迎えるのだろうと思ったが、開いたドアから入ってきたのは李の秘書ではなかった。

「失礼します。三木汽船の三木です。このたびの件では李様に……」

そう言いながら入ってきた長身の若者の姿を見て、清見の喉の奥から掠《かす》れた悲鳴が漏れた。たった今、息が止まったような気がした。

清見の小さな悲鳴に、深く頭を下げていた若者は顔を上げてこちらを見た。彼の目が見開かれて、二人の間で時間が止まる。

李だけが笑顔で来客を出迎える。三木汽船の若き三代目、三木恭介との会合をこの場所に設けたのは、もちろん彼の巧妙な策略だった。


自分の仕立てたスーツを身に着けた二人の男がテーブルを挟んで向き合っている。今朝方、浅い眠りの中で何度も悪夢を見た。だが、今自分の目の前にある光景こそ悪夢以外のなにものでもない。

「三木社長の具合はいかがですか？　せっかく退院されて自宅療養でずいぶん回復されている

と聞いていましたが、今回の件で心労が募ったのではないですか？」

「お心遣い恐縮です。わたしが若輩者でありまして、父親には無理を強いることとなり己の不甲斐なさに日々歯噛みする思いです」

「いやいや、三木社長の名代として頑張っておられる。正直、噂とは違いなかなかのものだと感心している次第ですよ」

「野鳥観察に夢中になっている三木のボンクラ三代目という噂は、本人の耳にも痛いほど届いています。自業自得ですから否定はしません。ですが、いつまでも父親の足を引っ張るボンクラのつもりはありません」

「なるほど。そういう生真面目さや真っ直ぐさというのは、若さゆえですかね。だが、ビジネスの世界は泥臭いものですよ。そして、ときには残酷なものです。必要があれば、美しい鳥の羽をむしることもある」

そう言うと李は椅子から立ち上がり、清見のほうへ歩いてくる。プライベートリビングの中央にあるテーブルで向き合って座っていた二人だが、清見は大きな窓のそばに置かれた一人掛けのレザーカウチに座らされていた。もちろん、さっきまでの裸同然の惨めないでたちのままだ。

李がさっき清見に朝食を強要したとき、倒れられては困ると言った。要するに、もう一幕、彼にとってはお楽しみの場面が残っていたということだ。そこで清見の意識がなければつまらない。そう考えていたのだろう。

どこまでも残酷な男は、人の心を自分の手のひらの上で転がして遊ぶことが楽しくて仕方がないようだ。李は顔を伏せている清見の顎に手をかけ、無理矢理恭介のほうを向かせる。寝不足と過激な性行為に疲れきった顔には目の下にくっきりとクマができ、長時間の口淫で唇が赤く腫れ、むき出しの素足には内腿《うちもも》に無数の内出血の痕がある。それさえも恭介の目に晒そうとして、革靴の先で清見の足を強引に分け開く。

「昨夜はこの美しい鳥が犠牲になった。大変美しい生贄《いけにえ》だった。羽をもがれても、愛する人のためにひたすら耐え忍んでいたよ。そういえば、街中でときおり凧きり羽を切られた鳥を見かけることがある。あの羽はまた生えてくるようだが、この鳥はどうだろう？　青い羽は生え替わるとしても、君は一度泥に落ちた鳥を両手ですくい上げてやれるのかな？」

野鳥になぞらえて李は清見の今の姿を恭介に見せつける。恭介のため、三木汽船を守るため、この鳥は生贄となった。羽をもがれた汚れた鳥をまだ愛せるのかと李は恭介に問うている。そんな質問は恭介に対して厳しすぎる。そして、清見には惨《むご》すぎる。

だが、清見は自業自得だとわかっている。すべては自分が勝手にしてしまったことだ。仕立て屋の分際で彼のビジネスにかかわる権利などなかった。それなのに、李に体を売った自分は恭介に軽蔑されても仕方がない。清見までが恭介の力を信じずに、ただの「ボンクラな三代目」だと思っていたのかと今は憤懣《ふんまん》やるかたない気分なのかもしれない。

いずれにしても、恭介の手は自分をすくい上げることはないだろう。淫らな清見の姿を恭介に見られていると思うと、もう消えてなくなってしまいたい。李に抱かれたあと、彼を騙《だま》し続ける自信はもとよりなかったが、こんな形で恥辱と絶望を嘗め尽くして別れることまでは想像していなかった。

甘いと言われればそうだし、愚かと言われれば返す言葉もない。すべては取り返しのつかないことで、客とは一線を越えないという己に課した決まりを破った清見が自ら背負っていかなければならないことだった。

ただ、今は頭の中を整理することもできない。この状況が辛すぎて涙がこぼれそうになるのを懸命にこらえるだけだ。

「野鳥の世界は……」

清見のあられもない姿を見た恭介がテーブルから立ち上がることなく、組んだ自分の両手をじっと見つめながら口を開いた。

「美しいだけじゃない。彼らは厳しい自然の掟《おきて》の中で生きている。人間が想像する以上に弱肉強食の世界だ。親鳥が運んでくる餌をより多くもらおうと、ひ弱な兄弟を巣から突き落とす雛がいる。百舌《もず》は冬場の餌の確保のため取った獲物を木の枝に刺しておく。絶叫のままひからびた贄が忘れて放置されることもある。猛禽類は自分より小さな鳥を狩り、ときには川に押し込み窒息させて殺し食べる」

恭介は自分の目でも見てきた野鳥の残酷な現実を淡々と語りだした。

「どれも人間が見れば残虐な行為に思えるが、彼らの世界ではそうしなければならないことだからやっている。生きるために必要なことだから、狩るし、殺すし、食べる」

李は恭介の言葉に興味を抱いたように彼に向き直る。李の手が離れて、清見はまた俯いて惨めな顔を隠す。そして、恭介がさらに言葉を続けた。

「あなたの言うとおり、ビジネスの世界も厳しく残酷だ。わたしもこの世界に入ってまだわずかですが、そのことは実感しました。いや、させられた。きれいごとばかりで生きていけるとは思っていません。必要なら泥水に手を突っ込むし、それをすすってでも生き残らなければならないと今回の件で今一度腹が据わりました」

「なるほど。三木の三代目は着実に成長しているということですか。これは頼もしい。今後はうちのグループ傘下にある海運会社のパートナーになるわけですから、わたしも大いに期待していますよ」

「もちろん、期待に応えていくつもりです。あなたにかぎらず三木汽船の内外において、やがては父親に代わり必要な人間にならなければならないと考えています。そのための努力は誓って惜しみません。そして、そのために必要な人も失いたくはない」

そこまで言うと、恭介は席から立ち上がり李のほうへ向いた。それは同時に清見の姿を視線に入れることになる。

「一人の男として、あなたのしたことについては正直殴ってやりたい気分です。恋人としてなら、なおさら許せないことはいくつもある。何よりも生きるために必要なのではなくて、自分の楽しみのために美しい鳥の羽をもいだ行為は許せない」

その言葉に清見はビクリと体を硬直させた。男として恋人として、恭介は激怒している。それは李に対してであっても、同時にそこへむざむざと飛び込んでいった清見への怒りもあるはずだ。だが、彼はそれまでの強い口調から一変してひどく悲しげに視線を下げる。

「ただ、それをさせてしまったのはわたしの責任です。だから、今は己の非力さを一番に悔やんでいます。そして、その鳥がまだ残っている羽に触れさせてくれるなら、一日も早く心と体の傷が癒えるようそばにいたいと思う」

清見がハッとして顔を上げる。李はいささかつまらなそうな顔をして、肩を竦めている。

「予想していたとおりのことが起こると、楽しい場合もあるがつまらないこともある。君の答えは後者だよ」

「あいにくですが、あなたを喜ばせるために生きているわけではないですから。ビジネスでこの借りはきっちりと返すつもりです。ですから、清見さんは返してもらいます」

「生意気な三代目だ。いっそ捻《ひね》り潰しておけばよかったかな」

非公式とはいえ一応はビジネスの場で、李がそんな言葉を口にするとは思わず、清見がギョッとしたように彼の腕をつかんだ。彼がその気になれば本当に恭介を潰すことくらい簡単なのだ。脅されている恭介以上に焦る清見の姿を見て、李はいつものポーカーフェイスに戻ってにっこり笑う。

「だが、安心するといい。わたしが美貌のカッターを気に入っているのも事実だ。美しい君は苛めて泣かしたくなるけれど、壊したいわけじゃない。君が愛する人を失って泣く姿を思うと、これでも案外なくしたはずの心が痛む気がするのでね」

だから、恭介を潰すことはしないでくれるのだろうか。本当にその約束は守られるのだろうか。不安を隠しきれず李を見上げていると、彼は紳士の仮面で微笑む。

「昨夜は本当に楽しかったよ。だが、もう放してあげよう。好きな場所に飛んでいくといい。わたしはまたときおり君の姿を眺め、可愛い囀りを聞いて楽しむことにする。そう、木の上に止まった警戒心の強い美しい野鳥を観察するようにね」

昨夜さんざん清見を嬲った手が、まるで別人のもののように優しく頬を撫でた。それから、彼は無言で奥の寝室へ入っていった。恭介と清見だけが残されたリビングで、二人はしばらくの間どちらからも口を開けずにいた。

やがて恭介はゆっくりと清見のそばへやってくる。豪華なスイートルームの窓辺に置かれたレザー張りのカウチは、女性なら二人でも座れるくらい大きく、背もたれも体を囲い込むように作られており、おそらくはヴェネチア風のアンティーク家具のレプリカだ。

そこに震えて座ったまま動けない清見の目の前まで恭介がやってきた。彼の革靴と自分の仕立てたスーツのパンツの裾が目に入っているけれど、怖くて顔を上げることができなかった。

するると、恭介がその場に跪《ひざまず》いた。

「清見さん……」

下からのぞき込まれて、清見が息を呑む。ひどい顔は見られたくなかった。でも、恭介の顔を見たいという気持ちもある。葛藤の中でどうしたらいいのかわからなくなった清見は、思わず自分の両手で顔を覆った。途端にずっとこらえてきた涙が溢れてくる。嗚咽がどんどん激しくなって、肩を上下させながら声を押し殺せないままにすすり泣く。

そのとき、自分の足首に触れる恭介の手の温もりを感じた。驚いて一瞬顔を覆っていた手を退けると、恭介が自分の膝に清見の足を乗せ、足首に結わえられたままの紐を解いていた。

「あっ、そ、それは……」

昨夜のあさましい惨状の名残だ。それを丁寧に解いた恭介は清見の足を両手で持ったかと思うと、さらに自分の身を屈《かが》めて紐の痕が残る場所に唇を寄せた。

「清見さん、許してください。あなたに辛い思いをさせた。本当に力がない自分が情けないと思っている。でも、もう二度とあなたをこんな目には遭わせないから、どうか許してください。俺のそばを離れていかないで。俺にはあなたが必要なんだ。どうしても、あなたでなければ駄目なんだ。お願いだ。このとおり、お願いします……」

思いがけない謝罪の言葉はやがて形振《なりふ》りも構わない懇願の言葉に変わり、恭介もまた泣いていた。誰かを守りたいのに守れなくて泣いているのだと思った。あの雪の夜の母のように。そして、追い詰められて李に電話をした日の清見のように。

人は痛みを重ねて生きていくようだ。野鳥の世界のように生きるために厳しい自然の掟に立ち向かうことはなくても、生きるために涙を流し続けるのだ。そして、涙のあとには許しがあるべきだ。

少なくとも、清見はそう思う。李には「つまらない」と言われても、それが自分たちの生き方だからどうすることもできやしない。そして、当然のことながら、二人の人生は李のためにあるわけではない。

「許しを乞うのはわたしのほうだから。ごめんなさい。本当にごめんなさい……」

恐る恐る手を伸ばす清見だったが、恭介はその手をつかむと一気に自分の胸へと引き寄せる。小さく声を漏らした清見が恭介の胸にもたれ込んだ。愛する人の大きな胸の中に包まれて、清見の心と体が免罪に溶けていく。

そのときだった。さっき寝室へ入った李が戻ってきた。手には清見のスーツ。それをさっきまで恭介と向き合って座っていたテーブルの上に置くと言った。

「契約の時間前の解放について、ここでもう一つ新しい条件を加えたい」

ようやくここから出ることができると思ったが、李の出す条件に清見は怯え、恭介は頬を強張らせていた。そんな二人の様子を見て李がしのび笑いを漏らす。

「結構だ。最後にいい顔が見ることができたので、本当にここまでにしよう。今後とも『Maison Kiyomi K. TOKYO』でわたしのスーツを仕立てること。追加の条件は以上だ」

どうやら李は清見の決意を見抜いていたらしい。彼は清見にとって大切な客だが、こんなことになったかぎり、今後の注文は断るしかないと思っていたのだ。そうでなければ、仕立て屋としての自分の気持ちを真っ直ぐ保っていく自信がなかったから。

だが、李のほうからその条件が加えられた。清見には拒むことはできない。恭介もそれに関しては認めざるを得ない。

清見はバスルームを借りて着替えをすませると、リビングに戻り再び恭介の胸の中に飛び込んだ。抱き締めてくれるこの腕の温もりに今は酔っていたかった。だが、この部屋にいるのは辛すぎる。すぐにでもここではない場所へ行きたいと願う清見の気持ちを察したように、恭介が手を引いてドアへと向かう。

李は黙ってそんな二人を見送っているだけだ。彼にとっては少しばかり楽しいゲームをした気分だろうか。ドアを出る前に恭介が振り返り李に一礼をする。

「三木汽船の代表として、今回の件は心から感謝します。また、大変勉強をさせていただきました。ありがとうございました」

李の采配一つで黄江実業グループ傘下の「Leeds Ships」がホワイトナイトとして参入してきたことで、三木汽船が救われたのは事実だ。恭介は最後にそのことに関して礼を言った。どんなに悔しくても、企業人として今の恭介は李の足元にも及ばない。それだけは事実で、認めるしかないとわかっているのだ。

けれど、清見の肩に回した彼の手にはしっかりと力がこもっている。清見のことはもう二度と手放さないという意思表示がその強さに感じられる。

リビングを出たところで、李の秘書がドアまで送ってくれた。足元の覚つかない清見が恭介に支えられながらホテルをあとにしたのは、月曜日の午前十一時。契約の午後四時よりも五時間早い解放だった。それでも、清見にとってはあまりにも過酷で長い拘束だった。

◆◆

アトリエにこもり仕事に没頭する日常を退屈だと思うことはない。でも、ここにいることがしみじみ幸せだと思うのは、あんな出来事があったせいだとわかっている。

季節はすっかり秋も深まってきて、今朝は薄手のスタンドカラーのトレンチコートからカシミア混のウールのコートに変えて出勤した。

アトリエでは得意客の来年の春夏物のスーツのオーダーがほぼ出揃って、今はそれらの生地選びに忙しい。春にもパリで行《おこな》った注文会だが、今年は秋にも行う予定で来月末には渡仏する。慣れた土地とはいえ、どんなに具合が悪くても寝込むことはできない日程だけに、体調管理には気をつかう。特に、晩秋のパリは思いがけず気温が下がる日があるので、油断をしていると風邪を引くことになるのだ。

革表紙のスケジュール帳を開けば毎日の予定がびっちりと入っているが、忙しい中にも休日はあって、楽しみにしていることもある。

来週末の土曜日は祝日なので、日曜と第一、第三月曜が定休日の清見のアトリエは三連休になる。恭介は土曜と日曜が休日なので、二人の週末の予定はいつも一日のずれがあって、泊まりで出かけることは難しい。だが、来週末は二人の休日が重なったので、金曜の夜から二泊三日の小旅行を予定していた。行き先は信州の高原にあるコッテージで、恭介が野鳥観察のために毎年通っている場所らしい。

恭介も近頃になってようやく野鳥観察の趣味を本格的に再開することができた。この夏はまさに彼にとっては怒涛《どとう》の夏だったと思う。

春先に父親が倒れ、跡を継ぐことを余儀なくされ、一大決心をした途端に会社はM&Aの脅威に晒され、懸命な攻防を強いられた。結果的には李の黄江実業グループの傘下にある英国の「Leeds Ships」との提携により宝永海運からの買収を跳ね除けると同時に、内部に潜んでいた不安因子を徹底的に排除することもできた。

きっかけは清見が作ったかもしれない。だが、李自身もグループの利益になると考えたから打った手だ。そして、その後の宝永海運と「Leeds Ships」の双方との交渉は、結果的に恭介を含む三木汽船の首脳陣の粘り勝ちだったと言える。

あのあと清見のところへは寺島から電話があった。社長の三木の体調もずいぶんとよくなり、来週には本格的に現場復帰するそうだ。ついては、病で少々体型が変わった社長のために新しいスーツの注文をしたいとの話だった。清見は喜んでいつでもお受けしますと答えた。

そして、電話の最後に今一度あらたまった口調で寺島から丁重に礼を言われたので、李とのことが彼の耳にも入ったのかと青ざめたが、そうではなく恭介を精神的に支えていたことに対する礼だった。もちろん、清見にしてみればそんなつもりはない。ただ、大切な人を守りたいという祈りがあっただけだ。

また、柏木のところへ来年の春夏物のスーツの採寸に出かけたときは、彼が嬉しそうに三木汽船の将来を語るのを聞いて清見も嬉しくなったものだ。

最近の恭介は初めて会った頃の彼とはまるで違っている。もちろん、社会人として企業人として、修羅場を乗り越えてきたことで精神的にずいぶんと成長したのは事実だ。李の言うように、望むと望まざるとにかかわらず泥臭い世界であることも目の当たりにして、現実の厳しさや理不尽さを経験しているのだと思う。だが、それらの日々が恭介という人間を大きくし、彼をスーツの似合う大人の男に変貌させつつあるのだ。近頃の彼はもう清見が背中を撫でて猫背を治してやる必要もない。

そんな恭介の成長が、李との一夜で蝕《むしば》まれた清見の心を癒してくれる。悲しみはいつだって新たな喜びに塗り替えていくことができるのだ。

カッターになって十年以上、一着一着を大切に作ってきた。どの一着も特別な一着だと思っていた。けれど、今は本当に特別な一着がある。

『悔しいけれど、李氏や柏木さん、それに親父も清見さんのスーツを見事に着こなしている。俺も早くそうなりたいと思うよ』

最近恭介から聞いた、一番嬉しい言葉だ。だから、清見もまた彼のために一針一針心を込めて縫った一着を仕立てようと思うのだ。


金曜の夜、アトリエの窓のブラインドを下ろしたとき階下でベルが鳴った。

仕事を終えて車で迎えにきてくれた恭介と一緒に、今夜から二泊三日の小旅行だ。都会暮らししか知らない清見にとって、恭介が連れて行ってくれた山は驚くばかりの世界だった。自然の色と音と匂いと感触のすべてが自分の目には新鮮だった。一人ではとても踏み込めない世界だったが、恭介と一緒なら怖くないしまた見てみたいと思っていた。

「高速に乗れば、この時間なら三時間くらいです。疲れていたら眠っていてください」

いつものように清見を気遣って恭介はそう言うが、彼も一日仕事をして疲れているはずだ。運転を任せて一人で眠るなんて申し訳なくてできやしない。それに、久しぶりに一緒に出かけられるのが嬉しくて仕方がない。

清見にとって休日はいつも体を休め、雑事を片付け、ときには少しでも仕事を進めておくためのものだったのに、今はこんなにも心浮かれた休みを過ごしている。

これから向かう信州のコッテージのそばには国立公園があり、そこは日本でも有名な野鳥観察のスポットらしい。以前は、一人でテントと寝袋を持ってキャンプをしながら一週間くらいは野鳥観察のために山や森にこもっていたという。

だが、初心者の清見を連れてではそれはたとえ二泊でも無理だと思ったのだろう。今回の宿泊は簡易キッチンやシャワーもあるコッテージということなので、清見も特に心配はしていない。

「それでも、周囲の暗闇には驚きますよ。あと星の数の多さにも」

夜には夜行性の鳥の観察もするそうだ。

「フクロウやヨタカ、ヤマシギなど夜行性の鳥もけっこういるんですよ。あと鳥の中には夜のほうがよく鳴くものもいる。そもそも、鳥は人間のように長時間の睡眠を取るわけじゃないんで、昼夜を問わず採餌以外の時間に転寝《うたたね》していたりするんです。そのくせ、市街地に巣を作って暮らす鳩《はと》やツバメみたいに、ちゃっかり人間の生活に順応しているものも多いし……」

野鳥のことを話しだすと相変わらず恭介は夢中だ。話し相手が素人の清見では物足りないと思うのだが、恭介は気にするふうでもない。そして、清見もよくわからない話であっても、聞いていていて退屈をするということがない。

愛しいと思う人が夢中になっている姿を見ているだけでこんなにも心弾むのだから、疲れていても車の中で眠ってしまうことさえ勿体ないと思うのだ。

渋滞に巻き込まれることもなく、恭介の言っていたとおり高速道路を三時間走ったあと県道を三十分ほど走って目的のコッテージに着いたのは夜の十一時過ぎだった。

その夜は二人とも仕事で疲れていたし、翌朝は早く起きて森の散策に出かける予定だったのですぐにベッドに入った。けれど、このとき清見は初めて恭介の言っていた意味を理解した。

コッテージの中の照明を落とすと、部屋の中は驚くほどの暗闇となった。防寒のためか、さほど大きく取っていない窓からは月明かりも入るのだが、雲が月を隠すと訪れるのは真の闇だった。そして、外からは夜行性の鳥の鳴き声。それだけではなく、森の動物たちの鳴き声も聞こえてくる。

ここはコッテージの中だから安全だと自分に言い聞かせながらも、暗闇の深さに怯えるように何度も寝返りを打っていると、恭介が声をかけてくれた。彼は清見が怯えているのだとわかると、自分のベッドにくるように言い、朝まで抱き締めて眠ってくれた。

翌日は朝食のあと、簡単なお昼の用意をして鞄《かばん》に詰め込み、恭介の案内で森の中を散策した。夜には真の闇が不気味で、動物の鳴き声に身を竦めるほどだったのに、陽光の中では森は幻想的で美しかった。

すでに高原では秋が終わり、冬がすぐそこまできていた。色づいた葉のほとんどが地面に落ちて積もり、日陰では霜が張っている場所もあった。

道を歩いているときの自分の息が白く、手袋をしていても指先が冷たい。それでも恭介に手を引かれ、森の中で鳥や小動物を見て回るのは楽しかった。体力のない清見を気遣って休憩をたびたび取りながら、恭介はその都度カメラで鳥たちや風景の撮影をして、また歩きながら野鳥の話をする。そして、清見はそれを飽きることなく聞く。

夕刻には早めにコッテージに戻り、二人で夕食を作り清見が持ってきたワインを飲んで過ごした。

「今夜も一緒に寝よう。そうすれば怖くないでしょう」

「もう大丈夫。昨日は初めてで驚いただけだから」

清見が意気地のない自分を恥じながらもちょっと強気で言えば、恭介が困ったように笑う。

「そうか。でも、俺が怖いから一緒に寝てほしいって言ったら?」

そういう意味だとわかって、清見は彼の首筋に両手を回し抱きついて唇にキスをする。

「わかりました。じゃ、恭介さんが怖くないように、一晩中抱き締めていてあげます」

恭介といればいつだって母親のような気分で彼を守りたいと思い、恋人としてすべてを晒けだし愛し合いたいと思う。今の清見はとても幸せだ。

亡くなった母親は清見の行く末を案じていたことだろう。一人で生んで一人で育てて、彼女自身が苦しい人生だったと思うのに、清見の幸せを見届ける前に逝く自分をまた悔やんでいた。入院しているときは、見舞いに行くたびに「ごめんね」と繰り返していた。その言葉を聞くのが清見は何より辛かった。でも、今は心から母親に言える。自分はこんなに幸せになったのだと。

「寒くない？」

ベッドで清見の洋服を脱がせた恭介が訊く。少し空気はひんやりと感じるけれど、平気だと頷いた。それに、恭介も裸になってその体を重ねてくれたらすぐに温かくなる。

「温めて、恭介さんの体で温めてほしい……」

甘えるように言えば、初めて会ったときよりずいぶんと大人びてきた顔で微笑む。六つも年下の男にこれほど心奪われる日がくるなんて思ってもみなかった。それよりも、これほど誰かを愛する日がくるとは思っていなかった。

李が言った言葉の中で、清見の心に突き刺さったものがある。

『わたしは人を愛することができない寂しい人間なんだよ。何しろ心というものをずいぶん昔に捨ててしまったからね』

彼は巨大なコングロマリットを率いていくために、あえて邪魔になる心を捨てた。そうせざるを得なかったのだ。だが、清見はこの歳になるまで本当に愛する人とは巡り合わずにきてしまった。自分の性的指向の問題もあったと思うが、それよりもまずどうしてもカッターとして一人前にならなければという思いが強かった。

そのために何かを犠牲にしなければならないなら、清見にためらいはなかった。とにかく、人の三倍は努力をして型紙を引き、寝る時間も惜しんで勉強した。性的な行為は欲望を吐き出すためのものではあっても、そこに愛はなかった。きっと一生自分は誰とも心を許し合うことなく生きていくのだと思っていた。

そんな自分自身を「孤独な仕立て屋」と心の中で自嘲していたときもある。周囲では清見の容貌を見て、遊び慣れた恋多き男だと思っている者もいた。もちろん、そうではないが否定するのも面倒で放っておくと噂に尾ひれがついてしまい、いろんな男から声がかかるようになってしまった。

それさえも無視していると、お高くとまっているとか、すでに決まったパトロンがいるのだと陰口を叩かれるようにもなった。けれど、清見はいつも一人だった。孤独さえいつしか親しい友人のように感じていた。

寂しさはいつも冬のパリの朝靄《あさもや》のように自分の周りにまとわりついていた。きっと晴れることもないと思っていた。なのに、ある日アトリエに現れた恭介が清見の心に住み着き、気がつけば心を奪われていた。

「抱くたびに思うよ。誰にも渡したくないって」

「わたしもそう思う」

二人にとってこの言葉の意味は重い。李に抱かれたときのことを清見は話さずにいる。恭介も聞かない。それでも、あれはけっして忘れることはできない現実で、二人で背負っていかなければならないこと。でも、あの出来事があったからこそ、今の二人はこれほどまで強く結びついていると思うのだ。

「誰にも渡さないで。恭介さんが誰かのものになっても、わたしのことは誰にも渡さないで」

清見は少し悲しい声でそう言った。恭介は三木汽船の跡継ぎだ。彼が三代目であるように、いずれは結婚して跡継ぎを持たなければならなくなるだろう。そのことはもう諦めている。生まれた世界が違うのだ。ただ、清見は一生彼の仕立て屋でいたい。一生彼のためのスーツの型紙を引いていたい。

だが、恭介は何度も清見にキスを繰り返し、大きな手で体の感じやすいあちらこちらを優しく撫でながら言うのだ。

「俺は清見さんのものだよ。誰のものにもならない。何を心配しているかわかっているけど、それは俺が責任を持って周囲を説得するつもりだ。同族で世襲する意味など重要じゃないさ。今回のことで思ったけど、残さなければならないのは名前だ。『三木汽船』という名前は守るべきだと思う。でも、俺自身はあなたを守りたいから……」

「恭介さん……」

将来のことは誰にもわからない。でも、今はこの幸せに縋っていたい。縋っても許してほしい。

「あっ、ああ……っ。もっと、もっと、ほしいんだ……っ」

ねだる声に恭介が一度体を起こして、清見の背中をシーツにそっと押しつけた。

「じゃ、じっとしていて。気持ちよくするから。それから、清見さんの中でいきたい」

「うん、そうして……」

手を伸ばして恭介の肩をつかむと、彼は顔を清見の股間に埋める。恭介の唇と舌と指先が、これ以上ないほど優しく清見自身を高ぶらせていく。それだけではなく、もう片方の手が後ろの窄まりを解しはじめる。

「んんっ、んふ……っ、あぅ……っ」

信州の森の中のコッテージで二人きりでいると、世界中で自分たちだけが生き残ってしまった人類のような気さえしてくる。都会に戻れば恭介は三木汽船の三木恭介で、清見はただの仕立て屋だ。でも、ここでは二人は抱き合って愛を貪り合うだけの恋人同士でいられる。

「そろそろ大丈夫かな？　痛くなさそう？」

「大丈夫。でも、その前に恭介さんのものもしたい」

そう言うと、今度は清見が体を入れ替えて恭介の股間に顔を埋めた。恭介のものは好きだ。抱かれた男の数は忘れた。それでも、恭介のものが一番いい。サイズも形も清見の体にとても合うような気がする。でも、それは愛があるからだと知っている。

存分に大好きな人のそれを味わってから、清見は口元を細い指先でそっと拭い体を起こす。

「そのままでいて……」

そう言った清見は恭介を仰向《あおむ》けに寝かせたまま、自ら彼の腰に跨《また》がった。ゆっくりと体を沈めていくと、窄まりにあてがったそれが体の奥へと潜り込んでくる。押し広げられる感覚に小さく呻き声が漏れる。

「ああ……っ」

その声と同時に、恭介が清見の腰を両手でしっかりとつかみゆっくりと上下させる。深く入っては浅く戻される。擦れる感触に体の中が燃えるように熱くなる。もう寒さなど微塵も感じなかった。

そして、恭介が自由に動くために今一度ベッドの上で体を入れ替えると、清見はあられもない声を上げて彼の首に縋りつく。

もう手放したくはない。愛はこんなにも熱く深い。幸せはこんなにも温かい。あの幼い頃の雪の日の記憶さえ、今は微笑みながら思い出せる。もう平気だ。もう自分は寂しくない。一度も愛を知らないままで人生を終える覚悟さえあったのに、これほどまでに身を焦がす思いを教

えてくれる人に出会えた。

だから、どんな結果が待っていても後悔はしない。心のどこかできっと恭介は自分を後悔させないだろうと思っているのだ。

大切なものがあって、それを守りたいと思う人はいつも強く美しいと知っているから。そして、それが清見の愛した人だから……。

あとがき

水原とほる

初めての方は初めまして。そうでない方はまたお会いしましたね。水原《みずはら》です。今回は孤独な仕立て屋の恋を書いてみました。

挿絵はあじみね朔生《さくふ》先生にお世話になりました。スーツ姿の男性をとても素敵に描いてくださって、本当にありがとうございました。

さて、どのお話を書くときにも、だいたい一つ二つは自分の好きなものやこだわっているものを紛れ込ませていたりするのですが、今回は「野鳥」、「スーツ」、「パリ」、「職人」、「ピクニックランチ」、そして「三国志《さんごくし》」などなどかなり詰め込んでしまいました。

好きなものについて書くのは楽しいのですが、自分の趣味に走ってしまって主人公たちの恋愛をおいてきぼりにしてしまってはいけません。ほどほどが大切と思いつつ、その匙加減《さじかげん》に迷うこともしばしばですが、今回はいかがでしたでしょうか?

また、この作品では比較的静かな恋模様を書きましたが、水原作品の中にはもう少しワイルドでバイオレンスの香りの強いものもございます。よろしければ、これを機会に別の作品もパラパラと目を通していただければ幸いです。

二〇一三年　八月

水原とほる

D E A R + N O V E L

仕立て屋の恋《したてやのこい》

この本を読んでのご意見、ご感想などをお寄せください。
水原とほる先生・あじみね朔生先生へのはげましのおたよりもお待ちしております。
〒113-0024 東京都文京区西片2-19-18 新書館
[編集部へのご意見・ご感想] ディアプラス編集部「仕立て屋の恋」係
[先生方へのおたより] ディアプラス編集部気付 ○○先生

初 出
仕立て屋の恋：書き下ろし

新書館ディアプラス文庫

著者：水原とほる [みずはら・とほる]
初版発行：2013年10月25日

発行所：株式会社新書館
[編集] 〒113-0024 東京都文京区西片2-19-18 電話(03)3811-2631
[営業] 〒174-0043 東京都板橋区坂下1-22-14 電話(03)5970-3840
[URL] http://www.shinshokan.co.jp/
印刷・製本：図書印刷株式会社

定価はカバーに表示してあります。乱丁・落丁本はお取替えいたします。

ISBN978-4-403-52333-5

S H I N S H O K A N